L’instant papillon

Sab Ri

L'instant papillon

Roman

LE LYS BLEU
ÉDITIONS

ISBN : 979-10-377-2108-2

Maria Elena used to say that only unfulfilled love can be romantic.

Woody Allen, Vicky Cristina Barcelona.

C'est blanc partout.

Trop blanc pour être honnête.

C'est peut-être à cause de lui qu'il va dérailler à nouveau.

Pas tout de suite quand même.

Pour l'instant, faute de mieux, Stan fait le crapaud ; sa routine lors des réceptions de ce genre où les stars du moment sont tendues à bloc au lieu de savourer les prémices d'un bonheur qu'ils se sont juré.

Le crapaud est un jeu solitaire consistant à sauter de table en table pour noter dans un carnet les bribes de dialogues des invités, des attitudes, des remarques absurdes ou déplacées. À mi-parcours, il jette un œil au fatras de mots accumulés, sans point, sans queue ni tête. Il relève en vrac :

« Si on regarde bien, les concepts de bien et mal, ça n'existe pas, c'est une pure invention de l'esprit humain qui est sciemment moralisateur. Chez les animaux, c'est pas comme ça, ils se bouffent entre eux et point barre ! est-ce qu'il y a un tribunal des animaux ? »

Et : « En Afrique, j'ai fait un selfie avec une femme tiroir. » Ou encore : « Je comprends pas comment font les gens pour tomber malades. C'est un truc qui m'arrive jamais. »

Il a un faible pour celle-ci :

« La vie sexuelle de la punaise est absolument phénoménale. »

Maigres victuailles. Pas une note d'émotion, quant à la beauté, elle s'est perdue quelque part entre la crème fouettée de la robe et les cocktails sophistiqués. Pour le reste, c'est Byzance. On ne manque de rien.

Surabondance de nourriture, d'invités, de palabres plates et de poudre aux yeux. La promesse d'une soirée sans fantaisie.

Un vieillard d'une élégance d'un siècle lointain repère son manège, lui demande s'il est dessinateur.

Écrivain, il répond.

Mensonge ? Demi-vérité ? Amnésie ?

Il aime mieux naviguer dans le flou.

Qu'importe. Personne ne s'en souciera dans cet univers juponné de blanc où l'on échange des vœux au-dessus des lois de l'attraction. Allons, il est préférable de coller à l'ambiance. Pas question de se dresser en frondeur de la joie programmée.

À l'autre bout de la salle, Lydia avec ses nattes de collégienne, rit aux éclats. À un autre mariage, elle était apparue en corsage blanc, jupe plissée et chaussures vernies singeant les écolières d'antan, à ceci près qu'elle avait les cheveux mauves et les yeux maquillés à la façon des héroïnes de manga. La famille était consternée mais eux deux n'avaient jamais autant ri. Elle seule a le don pour tourner le ridicule en extravagance, le grotesque en style.

À présent, elle est habillée plus sagement d'une salopette bleu foncé sur une marinière.

Il l'observe, fasciné. Elle s'agite, embrasse des joues tendues, crie, gigote, écluse son verre de champagne.

Tête en arrière, yeux fermés, elle s'abandonne au présent, se livre à lui. Une séductrice qui s'offre à son amant.

Zéro pesanteur. Pas de retenue. En la regardant, il a soudain l'illusion que c'est facile, naturel, à sa portée.

Exit son poids.

Il s'abolit lui aussi, une plume.

Pour une seconde.

Juste avant qu'il croise son reflet sur la surface lisse du portable ; gueule taillée à la serpe, yeux noirs cerclés de mauve, cheveux sombres hirsutes.

Le charme se casse en deux, propre et net.

On lui demande une cigarette ; il ne fume pas. Par réflexe, il cache ses mains dans le dos. Elles tremblent. L'alcool. Quelques gouttes seulement ou quelques verres, il ne compte pas. Le précipice est toujours là, derrière le décor ; il n'y a qu'un geste pour que l'histoire se répète, qu'un pas à franchir…

Il n'est pas raisonnable d'accord mais encore très loin d'Octave Parango. Alors, à quoi bon reluquer le décolleté outrageux de cette blonde en robe violette ? À s'enfoncer dans l'oubli, à circuler avec une érection dans une ambiance trop proprette pour lui.

Soudain, l'animateur, un type aux cheveux gominés et au front perlé de sueur, s'égosille dans le micro, incite les convives à se rassembler. « Tout le monde debout, tout le monde sur la piste ! Faîtes du bruit ce soir ! »

Alors, partout, ça s'anime.

Danser est un ordre. Il faut se réjouir, c'est jour de bonheur impératif. Et chacun s'y met avec plus ou moins de conviction.

La mariée, elle, a un mouvement d'hésitation. Une ride contrariée au niveau de son front se dessine mais son mari la pousse sur la piste et après quelques tâtonnements, leur danse débute. Un tango, un tchatcha mais ça pourrait être autre chose, on ne se sait pas bien, on applaudit à tout rompre en guise d'encouragement. Il pourrait en faire autant, participer, se joindre à l'enthousiasme collectif ou faire semblant du moins, mais la cacophonie, la vanité l'étourdissent et tandis que les sourires plaqués se multiplient, Stan se détourne.

Relit son carnet noirci de dialogues en vrac.

Mais voilà que les mots se brouillent formant une pelote de fils emmêlés, un labyrinthe dont les issues débouchent sur du vide.

Un vide qui le prend totalement de court alors que les convives n'ont jamais été aussi survoltées.

Ce n'est pas le résultat attendu, les mots auraient dû déboucher sur quelque chose, créer, amplifier, inventer, donner du relief, des aspérités. Des images auraient dû naître, tisser d'autres séquences.

Là, comme un signal, la chaleur le submerge, la cavité s'ouvre en lui, éclot comme une rose funèbre, s'étire comme des tentacules.

Il n'y prête pas attention tout de suite.

Ni à ça ni au rythme de ses pensées qui, pareil à la musique et aux images, se dérègle.

Autour de lui, les gens gesticulent, glapissent, sourds, ivres dans leur excitation de carton-pâte. C'est le secret pour garder la cadence.

Lui surnage avec peine dans ce charivari. Longtemps, il avait cru lutter à contre-courant, maintenant, il n'a plus de parade contre le remous qui cherche à l'emporter, son armure a fondu, il s'affole comme quelqu'un qui cherche une clé dans une meule de foin. Sauf qu'il n'y a plus de clé. L'a-t-il perdue ou ne l'a-t-il jamais possédée ? Les jours vont donc se succéder les uns aux autres pour former un collier où chaque maillon sera identique au précédent.

Les invités, désormais des toupies vouées à s'entrechoquer les unes contre les autres, se distordent, se déforment à une allure démente. C'est le grand huit qui tourne beaucoup trop vite, qui va dérailler d'un instant à l'autre sans même que les passagers y prennent garde.

Il aimerait croire qu'il va exploser sur place ou se mettre à fondre mais hélas, son organisme est trop résistant face à ces subtilités. Pas de manifestation apparente de son malaise, tout restera à l'intérieur de lui, un dégoût souterrain hors de la compréhension des autres.

Les mariés penchent comme la tour de Pise, les contours tanguent, la foule, les sons se déforment pourtant. Une grosse dame le prend par le bras pour l'entraîner dans le mouvement, tout le monde danse la chenille, la chenille vraiment ? Allons bon… d'après le visage congestionné de la mariée, il devine une improvisation tout à fait spontanée.

Ça vacille, le vertige le cueille par surprise et avisant une porte-fenêtre ouverte, il s'y précipite. Dehors dans la fraîcheur des bois, il presse le pas sans but, au mépris de l'obscurité, du terrain inconnu, et déjà l'étreinte du malaise se dissipe, les images, les visages, les voix s'éteignent, arpenter la nuit piétine tout sur son passage. Il accélère, à perdre haleine, à perdre les pédales, le contrôle, et s'il finissait par se semer, par devenir quelqu'un d'autre, capable de se fondre dans la masse sans faire d'histoire ? Dans sa course, il y croit, oui, de nuit, dans ses bois tortueux, le meilleur est à venir, son cœur bondit, cogne mais c'est encore trop timide, il faut plus d'audace, de la folie, du panache, que ça monte plus haut. Souhaiter est souvent vain et lorsqu'il a dévalé la pente, déçu par le feu d'artifice manqué, il s'arrête, le souffle court, les joues en feu. L'engourdissement s'empare de lui, et dans ce répit, il embrasse la lune versant sa lueur irisée sur l'herbe tandis que les grillons invisibles mais non moins mélodieux entonnent leur chant.

Ce tableau lui plaît et l'écorche en même temps, le ramène vers des sentiers, des sensations contradictoires de telle sorte que la mollesse reprend le dessus.

Sur l'herbe, il bascule à la renverse. Un rayon de lune l'éblouit. Baisse les paupières. Le noir se fait en lui.

Et pourtant, tout devient plus blanc que blanc. D'une blancheur qu'il voudrait appeler dragées, délice, dérive.

Démence.

Ce qu'il préférait chez les blondes, ce n'était pas le doré de leurs cheveux ou leur façon de flotter, c'était leur peau, nacrée et diaphane, qui se parait d'un éclat légèrement rosé lorsqu'elle était léchée par le soleil. Il les observait avidement mais toujours secrètement, à la manière d'un amant mystérieux.

Contrairement à ses congénères qui s'empressaient de les posséder pour mieux s'en détourner par la suite, lui se plaisait à les regarder, se gorgeant de leur peau délicate dans une ivresse vertigineuse.

Parmi elles, une en particulier lui coupa le souffle. Ses hanches et ses cheveux se balançaient d'un même mouvement fluide, nonchalant, irrésistible tandis qu'elle marchait, le regard vague et les lèvres mordillées par la transe.

En revanche, le plus troublant restait à venir : elle s'avança vers lui. Et souriait.

Puis, elle fut là, toute proche. Le sourire aussi. Entier.

Il s'était trompé ; la peau n'était pas irisée ou rosée, mais opalescente. Elle le regarda, il tomba à pic dans le vert de ses yeux. Le cœur prêt à se rompre, il la saisit à la taille. C'est alors qu'il sentit des gouttes sur son bras, la pluie sans doute mais non : c'était la fille qui fondait, elle dégoulinait. Elle se diluait littéralement, les traits brouillés, dissous, effacés sous une douche d'acide. Il hurla tandis que sous ses doigts fuyait son rêve.

— Stan, je te parle…

Il ne répond pas.

Prend du recul pour lire ce qu'il vient de jeter sur le papier dans une fièvre soudaine.

Lydia soupire, se ronge un ongle. Elle est fatiguée, ça ne trompe personne ; même le maquillage sur sa peau manque de conviction.

— Alors ?

— Alors quoi ?

L'écriture de Stan se fait nerveuse, pressée, le flot de ses pensées est tellement tumultueux qu'il doit se livrer à une course sans merci s'il veut espérer maîtriser le torrent de son esprit.

— Tu peux arrêter ?

Tête baissée, Stan sourit.

Pourquoi ne pas demander à un poisson de vivre à l'air libre ?

— Je t'écoute, Lydz.

— Pourquoi t'as eu ce malaise au mariage ?

Elle plonge ses yeux noisette dans les siens. Pas besoin d'être plus éloquente.

Stan saisit, lui, l'occasion d'attaquer de front :

— Pourquoi tu m'as dit de t'accompagner à ce mariage ?

— T'as pas le droit de répondre par une autre question.

— J'ai tous les droits. Même celui de me faire chier à mourir.

— Et c'est ta façon de réagir : tomber dans les pommes ?

— Absolument, nouvelle stratégie, en attendant le progrès.

— Le livre électronique greffé dans la paume des mains ?

— Mieux : la désintégration !

Ils s'esclaffent. Stan reporte son regard sur son carnet, réprime un soupir. Encore un truc qui n'aura pas de fin. Il peut en faire une nouvelle à la limite.

Non… même pas. Il se cherche, rien ne se fait aisément…

À nouveau le regard fané de Lydia qui repousse une mèche noire sur son front. Plus de nattes, mais son air de garçon manqué demeure. Quand le serveur frôle leur table, elle demande un autre expresso. Le café arrive. Elle vide trois doses de sucre dedans.

— Tu ferais mieux de prendre un chocolat chaud si c'est pour mettre autant de sucre.

— Non, le chocolat est trop doux. J'aime bien quand c'est un peu amer mais sucré quand même.

Stan hausse les épaules. Les excentricités de sa sœur se passent de sa compréhension. Sous la lampe chauffante du café, les minutes tombent au goutte-à-goutte sur les épaules des consommateurs, le temps fait une feinte et semble se dérouler à l'infini, personne ne se presse. Depuis les haut-parleurs, coule le jazz tonique de Dizzy Gillespie. Enfin, il suppose que c'est lui. Il n'en est jamais tout à fait sûr.

Lydia parle de son boulot, de son patron qui se barre en vacances en laissant la moitié du suivi dans le flou, de Mathilde, une collègue qui se permet des pauses extra larges, de la stagiaire qui refuse de faire des photocopies parce qu'elle estime que c'est un frein à l'accès aux choses substantielles.

Il griffonne la phrase à tout hasard.

Lydia a une moue agacée avec une nuance de gêne. Tout à coup, elle regrette de ne pas être dans un autre bar, le jazz, elle n'aime pas ça, c'est trop mou, trop guindé, une musique de purgatoire, de vie finie. Les mots qui s'échappent de sa bouche n'ont rien à voir avec ce qu'elle est en train de penser à l'instant. Le cerveau de Lydia est capable de ce genre de cassure dans le présent. Le plus drôle c'est qu'elle n'en a aucune conscience.

— Et qu'est-ce qu'il a dit, le doc ?

— Quel doc ?

— T'as bien vu un médecin quand même ?

Stan réprime un rire sarcastique. La scène, déjà, se déroule dans son imagination : le docteur au sourire confiant, la batterie d'analyses ouvrant sur le néant et davantage de points d'interrogation en suspens. Oui, il voit toutes ces choses qui n'ont pas eu lieu et il ne doute pas de leur vérité.

Le drame, la tragédie le contournent ; il n'est pas le rôle, c'est comme ça. Il n'a de talent que pour les petits riens, les sueurs froides, les tremblements, les coups au cœur qui ne laissent aucun bleu, les petites contrariétés dénuées de consistance mais dont la redondance agace tout de même. C'est d'ailleurs ce qui ressort dans sa façon d'écrire. Tout y est petit, étroit, confiné comme dans une cabine de paquebot. De toute évidence, les grandes choses lui sont hors d'atteinte.

— T'as vu personne ? s'écrie Lydia en ouvrant des yeux de chouette.

— Pour quoi faire ? C'était un malaise vagal, c'est tout.

Aussi tranquilles que les paroles d'une chanson.

Lydia, pourtant, continue d'insister. En pure perte car Stan entend le claquement sec du tampon estampiller sa maladie : « allergique à la vie. »

Par contre, le médecin, lui, se chargerait de lui prescrire une cure de magnésium, ce qui reviendrait à donner des béquilles à une personne en train de se noyer.

Cela importe peu lorsqu'on part du principe qu'il faut un rempart contre la fatigue, un ressort pour continuer la course.

Il revient à Lydia et coupe court à ses mises en garde :

— Écoute, c'est moi le grand frère.

— Je vois pas le rapport.

— Le rapport c'est qu'il n'est pas dans la fonction du petit de supporter le grand. Questions de logique et de portance.

Lydia sourit enfin, gagnée par le comique de sa répartie ou de guerre lasse, il ne saurait trancher.

— T'as pas oublié pour dimanche, le repas avec maman et mamie ?

— Je bosse, Lydz, tu sais bien.

— En journée ?

— Je remplace Céline.

— C'est bidon.

— Non, c'est payé.

— Tout le monde est payé, c'est pas une raison.

Stan trouve que c'est, au contraire, un prétexte sans faille. Le travail est le meilleur fournisseur d'alibis au monde, le passe-droit incontournable pour zigzaguer entre les obligations de ce type.

Un peu boudeuse, elle opte pour une cigarette puis les minutes se dissolvent comme ça, emportées par le ruisseau.

Plus tard, il regagne le tunnel. Une planète lointaine avec ses codes et son fonctionnement propres.

Il relève Marion, sa collègue, pour assurer le service de nuit. Elle lui transmet des consignes qui s'envolent au premier coup de vent. Dès qu'elle tourne les talons, Arthur, le serveur du bar et du restaurant de l'hôtel, s'approche. Petits yeux verts pétillants, crinière rousse retenue en arrière par un catogan, il arrive vers lui, agité, cellulaire en main. Il faut à tout prix qu'il lui présente la dernière actrice porno en vogue.

— Regarde ça.

— Arthur, les clients…

— Bah quoi, c'est un hôtel ici, non ? Ça revient au même.

Arthur n'apprécie pas les virages, ce qui n'est pas le cas des raccourcis. Une photo de la star apparaît sur l'écran réduit du téléphone et Stan lui sait gré de n'avoir pas actionné carrément le film.

— Alors ?

Du déjà-vu. Bouche ouverte, seins siliconés, offerts dans une posture provocante, faux ongles trop longs, carrés. Le désir basic, sur commande, qui durcit, monte frénétiquement pour s'effondrer vite fait, bien fait avec, souvent, une frustration accrue. Il connaît tout ça par cœur, mais pour lui comme pour la starlette, c'est l'art du « faire semblant » qui prime. Au fond, on est tous un peu dans le même bateau.

Stan, donc, s'extasie ce qui permet à son collègue d'être satisfait de sa trouvaille.

— Bon, je file. Suzy m'attend. À demain, mec.

Il enfile son blouson, regagne les coulisses.

Fin de la scène.

Rideaux.

Vingt-trois heures passées. Les heures se liquéfient, dégouttent lentement, s'écrasent en larmes discrètes sur le sol.

À bord de ce navire échoué, il n'y a plus de frontière entre la soirée et le rêve, les secondes se désagrègent, le temps se déstructure, son temps.

Les lundis sont gommés, les mardis se fondent dans les autres jours et les dimanches, ternes, plats n'existent plus. Tout se mélange. Une bouillie. Il n'y a plus de journées bien définies aux contours lisses. Toutes ces notions ont volé en éclat, le flou est son compagnon de route.

Désœuvré, il se poste devant l'ordinateur, ouvre une page Word.

La blancheur le saisit, le vide aussi. Il tapote sur les touches, mollement. Un pianiste en rééducation. Rien ne survient. Blanc, blanc, blanc. La somme de toutes les couleurs pourtant il n'en distingue aucune. L'angoisse revient par vagues, le vertige aussi. Il progresse dans une coque ouverte, morte, inhabitée et c'est son propre corps qu'il visualise. Non, pas par là.

Déviation.

Il se reporte sur les nuances du ciel assombri. Pas âme qui vibre à cette heure. Il est seul maître à bord. Il est seul à y voir clair.

Ce brouillard, cette confusion lui plaisent, c'est reposant, une île, il vit sur une île, il est nulle part, il flotte, c'est agréable, léger, tout se fait bulle, plume, tout devient mirage, invention, brouillon et…

Combien de lettres avec des « non » à l'intérieur et des formules de rejet impersonnelles déjà ? « Ne correspond pas à notre ligne éditoriale. » De quand cela date-t-il ? Il pourrait peut-être en faire des cocottes en papier, à moins qu'il ne décide d'en faire son château en Espagne ; il n'est pas encore fixé.

Le silence règne.

Hormis quelques clients, furtifs, fuyants, aux allures spectrales, l'animation est au point mort. Le hall de l'hôtel semble pétrifié dans la gaze, glacé dans une immobilité inquiétante.

C'est alors qu'il les remarque.

Dehors, derrière les surfaces vitrées de l'hôtel, des éclairs jaunes intermittents.

Il se dirige vers l'entrée, se tient sur le porche en sentinelle prudente.

Les rues sont désertes sans un son. Les jets de lumière ont stoppé. Il tourne les talons quand il s'aperçoit qu'il s'agit en fait des néons jaunes de la boulangerie d'en face.

Mais non, l'éclairage est trop faible.

Puis très vite, son regard s'accroche à autre chose.

Un homme en capuchon est là, figé sur le trottoir d'en face, adossé à la boulangerie. Un point rouge s'allume sur son visage, s'éteint. Une cigarette. Il traverse, arrive à sa hauteur. Il a un mouvement de recul : la sensation désagréable de se regarder dans un miroir.

L'homme dit :

— T'as oublié ?

— Oublier quoi ?

— On dirait que t'as oublié.

La fumée grise s'épanouit en arabesques.

— T'es resté dans la glace depuis trop longtemps.

L'homme inhale et reprend :

— C'est mauvais. Quand on dit que ça conserve, on parle des morts. Tu le savais ?

Ils se jaugent à nouveau. Ce type lui ressemble beaucoup trop, c'est effrayant. À moins que ce ne soit la clarté lunaire qui lui joue des tours.

— Et t'es pas mort, toi, pas vrai ?

— Dans les faits, non.

— Alors qu'est-ce que tu fous là ?

— J'ai oublié.

— Avant, t'étais pas mort, Stan.

— C'était avant.

— T'as oublié ?

— Tout. La mémoire s'émiette et ça m'arrange bien. Pas de coup d'œil dans le rétro, je suis sur des rails.

Contre toute attente, l'homme se met à ricaner. Un coup de poignard crevant le silence. Une poignée de feuilles brunes et craquantes tournoient.

L'automne n'a pas cessé d'être là.

— T'es dans une impasse, t'es obligé de revenir en arrière.

Il fronce les sourcils, l'homme le dévisage. Un éclair jaillit de ses yeux, il s'avance. Sa voix se fait hypnotique.

— Le carnet bleu, Stan. Tu ne l'as jamais terminé, l'histoire du carnet bleu.

Un frisson le traverse. Dans ses poches, il serre les poings. Le froid se fait soudain plus incisif et il remonte le col de son uniforme, ce qui ne sert à rien.

— T'as tout laissé en plan. Tu t'en souviens quand même ?

— J'aime pas regarder en arrière.

— T'as peur ?

On saurait dire s'il s'agit de défi ou d'une simple question. Cependant, il n'y a rien à répondre, aussi, l'homme continue :

— Pour avancer, il faut d'abord que tu fermes les portes derrière toi.

L'homme recule imperceptiblement, aspiré peu à peu par la nuit.

Puis l'homme a disparu tout à fait. Avalé par l'ombre.

Il lève les yeux. Le néon jaune a cessé de clignoter et il se demande soudain s'il était vraiment allumé tout à l'heure.

Alors il comprend que la seule réalité, c'est ce fichu carnet.

Campé sur le toit de l'hôtel, Stan prend la ville de haut. C'est son abri secret, sa tanière ouverte sur la nuit, sa machine à rêves.

Il s'y rend par les escaliers qu'il gravit rapidement pour sentir, une fois arrivé, l'apaisement de l'effort. Le toit est une surface bétonnée, plane, carrée sur laquelle se dressent des rectangles, des cylindres de toutes sortes, tendus là comme des sentinelles nocturnes. De jour, ces formes mystérieuses révèlent leur banalité : cheminées de briques, pylône à antennes, cubes d'extracteur d'air en aluminium et le local technique, petit abri octogonal de deux mètres de haut par où il accède chaque soir à son refuge. Parfois, dans ses dérives, il imagine sans peine des ombres tapies contre les murs.

Depuis les hauteurs, la rumeur de la circulation est étouffée, à peine un murmure coulant dans le lointain. Il boit la nuit et sa féerie à pleine bouche. Au-dessus, la lune diffuse son éclat lacté. Grosse perle nacrée se parant malicieusement de l'ombre d'un nuage noir de passage pour mieux piquer la convoitise. Mais voilà qu'elle paraît nue, blanche et simple dans sa désinvolture. Elle joue. Elle se joue du soleil, qui, bientôt, prendra sa place.

Le noir est sien. Elle le célèbre. Elle règne sur l'instant. Les étoiles, petits diamants célestes, éphémères, plantées dans le ciel d'encre paraissent savourer leur plaisir d'être hors d'atteinte.

Il avale une nouvelle goulée de cette liqueur miraculeuse suintant du ciel.

Ivresse…

Limitée à cet espace uniquement.

Il s'en rend un peu plus compte chaque soir. En bas, sur les côtés, le neutre vulgaire gagne du terrain. Il aimerait pouvoir calfeutrer.

Mais ici, en lui, tout cède. Sa tête est vide.

La légèreté triomphe.

Des songes à demi esquissés nagent, flottent dans l'immensité ; les images tremblent un peu. Il voudrait retenir la lune, les étoiles, s'enrouler dans un nuage solitaire, tomber dans l'encre de Chine. Cette nuit, c'est tout ce qu'il aime, tout ce qu'il attend. Les jours sont devenus une succession de flou, enturbannés dans un torchon grisâtre, moucheté de poussière. Les limites, explosées. Il oublie les dates. Il ne vit plus, il traverse le temps. Ça lui est égal. Il n'aspire qu'à se réjouir de la beauté d'un ciel noir illuminé par le disque opalescent. Sur le bord, les pieds posés sur un pan de mur, il observe le fond avec attention. Ça ne paraît pas si haut. Il est ivre, d'une gaieté insensée. Est-ce qu'il aurait à nouveau cette vision ? Il lui semble que rien n'est impossible par des nuits pareilles. En bas, rien ne remue. Il n'y a plus de vie ; il est trop tard pour ça. Un vent léger joue dans ses cheveux. Ça pourrait durer des heures, des jours, suspendu dans le vide sans rien attendre, juste léviter.

Un leurre bien sûr.

Tôt ou tard, il lui faut regagner la terre ferme.

En un soupir, il s'arrache à l'instant avec la consolation d'y retourner bien vite.

Là, entre l'écran vacant et le clavier, il y a le carnet bleu.

Il le feuillette machinalement quand la voix d'un client anglais impatient brise son examen. Encore une carte magnétique à réencoder. Fichues clés futuristes qu'il fallait sans arrêt réactiver. Bon.

Le carnet mis de côté, il se replonge dans son travail.

Efface tout. Pas de sentiment. Ce qui nous perd, bien souvent, c'est cette autocomplaisance basée sur un fond de narcissisme refoulé.

Ainsi, il recommence, se perd, s'abîme dans un exercice aussi épuisant que dérisoire. Il serait plus juste de dire qu'il récidive. Il se relit et se trouve face à de la bave noire, des choses ternes, informes, jaillies, rejetées en une bile noirâtre elle-même dissoute dans le tourbillon des jours.

Efface.

Au cours de cette nage forcenée alors que les vagues sombres le recrachent et qu'il échoue sur le bitume, vide, hagard, le malaise têtu le hante à nouveau.

Cette certitude d'avoir perdu quelque chose qui fait qu'il n'avance plus.

De guerre lasse, son regard dévie sur le carnet et c'est ainsi qu'il bascule tête la première dans les dédales de sa propre prose.

Chronique de la tour de verre

Il existe au milieu du temps, la possibilité d'une île.
Michel Houellebecq

On m'avait collé dans un open space sauf qu'il n'y avait rien d'ouvert et que ça ressemblait à tout sauf à l'espace mais bon, les expressions anglaises ont la part belle alors on se doit de les utiliser surtout pour faire pro et innovant.

D'abord, ce qui était fermé, condamné même, c'étaient les fenêtres.

À cause des suicides.

Cet hiver, il y en avait eu beaucoup. La section HSE avait enregistré une hausse sensible par rapport à l'année dernière bien que je n'aie pas retenu le pourcentage. Selon la version la plus répandue, les bonus, médiocres de cette année en était la cause. Mais j'entendis aussi que les néons avaient leur part de responsabilité. Il y avait des tas de versions, des tas de rumeurs, des tas de théories ; c'est comme ça que l'idée des paris était arrivée ; on se demandait qui serait le prochain. Aussi, sur le grand tableau blanc de l'entrée, on avait tracé des colonnes avec des noms. Chacun y allait de son pronostic. Ça mettait un peu d'animation au sein du club des cinquante que nous formions.

De cette chute des corps en avait résulté une chute dramatique de la productivité et bien sûr de la motivation puisque la direction renâclait à embaucher pour remplacer les absents.

Résultat : tout le monde crevait de chaud dans une ambiance affreuse, et comme le patron prenait un malin plaisir à cultiver son avarice, il n'avait pas non plus souhaité équiper les locaux en ventilateurs.

Les salariés tiraient la gueule mais persistaient à rester.

Le patron était en joie mais persistait dans son stéréotype de salaud.

Tout le monde s'accommodait plus ou moins de la situation.

Tout le monde s'acharnait plus ou moins.

Mis à part les fenêtres, les bouches des employés étaient aussi condamnées.

J'entrai dans un caveau.

De mon vivant, qui plus est. Une expérience inédite.

Voilà comment, un jour, j'eus l'idée de me pointer avec une lampe frontale. Josiane Ranu, une face de bouledogue triste, des cheveux couleur filasse rebiquant pareils à des poils d'un vieux balai, une voix de mec portant à des kilomètres à la ronde me reluqua, un éclair de haine dans ses yeux globuleux selon son habitude. Mais ça n'avait rien de personnel : elle souffrait du syndrome Kassovitz, elle avait la haine. Contre tous en général et contre la planète entière en particulier. C'est dire si elle avait du pain sur la planche. À part ça, son autre grand talent consistait à envoyer des mails de deux phrases avec vingt fautes à l'intérieur. Ça avait un côté ludique et divertissant. Le jeu des sept erreurs en temps réel.

Mais je m'égare…

C'était la Chandeleur alors et je me baladais avec une frontale. Une autre fois, j'étais venu en anorak de compétition en plein mois de mai que j'avais porté toute la journée. Sacha, mon ancien binôme, avait apprécié la symbolique : lui savait que je travaillais dans une chambre froide avec deux icebergs.

En revanche, Cristo, le nouveau binôme de Sacha, était dépassé mais il avait tout de même ri.

À part mes vaines tentatives pour colorer la routine, il ne se passait rien. La seule chose qui passait, c'était le temps.

Chaque jour était une photocopie du jour précédent accompagné des mêmes sons. Le même boucan, machine à café, ronronnement permanent de l'imprimante en veille, froissement de papier, bruits de couloirs, rires diffus, pas nets, lointains, martèlement des talons, papier qu'on déchire, démarche traînante, vrombissement de la broyeuse et sans arrêt, sans relâche le cliquetis furieux sur les touches du clavier. Parfois, ça tintait comme une pluie battante mais le plus souvent c'étaient des gens qui passaient leurs nerfs sur un clavier.

Mon collègue de droite, Nigel, pâle, grassouillet, était Anglais. Pas spécialement chic ou guindé, ce n'était pas un cliché jailli de l'imagerie anglo-saxonne avec une tasse de thé à la main au milieu d'un carré de pelouse impeccable.

Nigel ne parlait pas, ne souriait pas, ne riait pas, ne râlait pas : il avait le sens de la retenue. On peut même dire que c'était sa préoccupation principale : il se retenait.

C'était une façon de voir les choses.

Sauf que ce n'était pas la bonne.

Nigel était simplement double.

Le soir venu, il se transformait non pas en buveur de sang mais en buveur d'alcool.

Aucune calomnie de ma part : je l'avais vu. J'avais aussi constaté que c'était un habitué du bar où je m'étais laissé entraîner par mon frère et sa bande de potes, ramassis de cloportes à la petite semaine, empêtrés dans des combines médiocres et dont le cerveau, endommagé par toutes sortes de drogues, était exclusivement accaparé par deux préoccupations majeures : les filles faciles et l'argent facile ; tomber dans la facilité ne les dérangeait apparemment pas. Je ne comprenais pas ce que fabriquait mon frère avec ces abrutis à la dérive ; sans doute s'agissait-il d'une étude sociologique menée en douce. Bref.

Ils commandèrent des shots de vodka pour s'échauffer, moi une bière. Mon frère trouva malin de dire :

— Profites-en, ce sera bien la première fois que tu te tapes une blonde !

Rires des chacals jusqu'à que l'un d'entre eux mate la serveuse. Je passe sur les commentaires scabreux ; de vrais obsédés.

Bon, comme moi. Mais au moins, personne ne s'en doutait. J'avais cette pudeur, cet élan naturel vers les choses cachées. D'ailleurs, tout est dans les apparences, autrement le botox n'aurait aucun succès.

La vérité n'existe pas ; il n'y a que ce que l'on a envie de voir.

Je connais la règle.

Nigel aussi connaissait la règle.

Il savait qu'il valait mieux donner l'impression d'être bourré de timidité que bourré. De temps en temps, je l'admirais, Nigel ; il était bien meilleur que moi à ce jeu-là. On vantait son sérieux, sa réactivité mais on passait volontiers sous silence son caractère d'iceberg.

Il n'en demeure pas moins que l'avoir comme collègue était une expérience fascinante.

Aussi, je m'amusai comme un petit fou à le provoquer :

Comment s'est passé ton week-end ? good, thanks. Clac, le visage se referme aussi sec.

J'ai traité le mail d'untel pour info. Clac.

Hier, j'ai tenté de m'ouvrir les veines mais il n'y avait pas d'ouverture facile alors j'ai laissé tomber. Clac

Tu connais l'appellation « sainte journée » ? Je me demande ce qu'on dit si on la passe à se masturber ou à s'envoyer en l'air ? Du coup, on appelle ça une putain de journée ? Clic, clic... Votre communication a échoué, merci de ne pas renouveler votre appel ultérieurement.

Oui, aussi vivant qu'une boîte vocale. Un authentique virtuose de duplicité Dimitri, lui, était tout à fait ordinaire. Il adorait parler tout seul, notamment à ses écrans. Horripilant. Contrairement à Nigel, Dimitri affirmait des banalités sur un ton péremptoire. Bref, un énième champion du lieu commun qui se croit doté d'une intelligence supérieure. Pour clore le tout, son péché mignon, sa détente personnelle était de jouer les commères, en grossissant les erreurs de chacun. On se distrait comme on peut.

Ces deux lascars pourtant opposés tendaient vers un même idéal : me coller sur le banc de touche ; je ne fis jamais partie de l'équipe. Des informations, des changements de procédures circulaient dans mon dos et leur mauvaise foi triomphait. Leçon intéressante toutefois : partager un même espace n'impliquait pas forcément de communication.

Un jour, Victor Brenner, le directeur annonça sans détour que les chiffres du premier trimestre étaient catastrophiques, qu'un nombre encore méconnu de postes serait donc supprimé avant la fin de l'année, qu'il n'avait ni le temps ni l'énergie d'être désolé, que c'était la dure loi du marché et qu'il ne tolérerait pas de crise de nerfs de la part de ses employés à ce sujet. D'abord, c'était grotesque mais plus impardonnable encore c'était une perte de temps.

C'est comme ça, il faut l'accepter et comme disent les anglophones the sooner the better

Les choses ne s'annonçaient pas très bien. Un murmure d'inquiétude se leva. La peur. Elle avait pris possession des corps et des esprits et même des sourcils. Des accents graves sur les visages.

Moi, j'étais ravi.

L'idée que cette machine infernale, remplie à ras bord de cloportes, fonce droit dans le mur était un évènement forcément positif. Pour moi, c'était l'unique façon d'être sauvé. Au diable les Josiane, les Nigel, les mails empoisonnés et truffés de fautes, au diable les bruits de couloirs !

Il fallait que tout s'écrase. Il fallait un naufrage.

J'attendais que ça, on attendait que ça.

Houellebecq aussi, lui qui rêvait à la possibilité d'une île.

À la fin de l'annonce, je fonçai illico me palucher dans les toilettes. J'étais sous l'emprise d'un fantasme confus et bouillonnant. Ça a tellement bien fonctionné que c'est devenu le rituel du matin avant que la civilisation ne vienne sabrer ma fête intérieure.

Boire est un vice qu'on aime bien partager.
La bifurcation

Jacques Sternberg

— Tu cherches quoi ? À crever en plein vol ?

Je me réveillai en sursaut. Et quand je refermai les yeux un moment, c'était pour retrouver l'image de René imprimée sur ma rétine. En brandissant mes analyses, il tremblait. Pas de peur mais d'une rage teintée de mépris. Il me traitait comme le fils qu'il n'avait pas eu. Il secouait ses malades ; je crois même que c'est ce que certains recherchaient. Le voyant perdre patience, je jugeai nécessaire de faire appel à mon arme favorite : la désinvolture badine.

— Mais René, si j'arrête l'alcool qu'est-ce que je vais faire de mes week-ends ?

Sans parler de l'inspiration qui avait souvent besoin d'un autre genre stimulation. Et qu'allaient devenir mes virées avec Tiago dont la devise était

« Pourvu qu'on ait l'ivresse ! » ?

René ne répondit pas tout de suite. Alors que le silence commençait à prendre de la place, il dit :

— Fais-moi plaisir, trouve-toi une gentille fille et épouse-la. Autrement, t'auras pas mieux qu'une infirmière à moustache à tes côtés.

La menace était dite.

Plus tard, parmi les ombres sans âme qui se déhanchaient et se déchaînaient sous une pluie musicale démente alors que nous déambulions, Tiago et moi, deux vampires à moitié ravagés par l'alcool et la morsure des nuits trop blanches pour être belles, je pensai à René. Ce n'était pas la meilleure façon de procéder mais j'aimais cultiver mes contradictions. Depuis que Tiago avait commis l'erreur irréparable de s'installer à Londres, on se concoctait des week-ends TGV. Très grande vitesse pour de très gros dégâts.

Entre deux pannes d'inspiration, il y eut des filles. Quelques-unes. C'était mécanique, du bricolage. On avait les outils adéquats alors on faisait ce qu'il fallait. Du plaisir brut, beaucoup d'amnésie, de noyade ; il en faut si on veut pouvoir continuer. Je me cherchais à travers des corps sur le point de muer en ombres.

Quand je ne voyais pas Tiago, je sortais avec mon frère les fois où il acceptait de laisser au vestiaire sa bande de rétrécis au lavage. Je rentrais chez moi, blafard, l'œil vitreux, pour m'effondrer sur mon lit, face contre l'oreiller. C'était jouer avec le feu : un équilibriste sur le fil du rasoir.

En bas, pas de filet. Il m'en fallait toujours plus, je suivais le diable qui m'enjoignait de continuer sauf que le diable c'était moi. René le savait. La dérision me sauvait, le déni aussi.

Pour combien de temps ?

Leçon de vie

En attendant la chute de l'empire, je m'autorisais quelques fantaisies au bureau : arriver plus tard, bâcler le boulot, fantasmer sur un horizon ensoleillé et prendre des pauses avec Cristo et Sacha, les deux collègues dont on m'avait séparé pour des raisons fumeuses.

Ce dernier trouvait mon attitude désinvolte sidérante.

Comment lui expliquer ma théorie bizarre selon laquelle tout irait mieux une fois que j'aurais touché le fond ? Car c'était bien ça ; le vide, le fond me fascinaient, m'attiraient comme un banc de sirènes lascives.

— Ça sert à rien de s'en faire, argua Cristo Faut copier Joël. Tu l'as déjà vu mort de trouille, ce type-là ?

— En même temps, de quoi il pourrait avoir peur ?

Je me dois de souligner que Joël était un cas à part au sein de notre communauté de petites fourmis besogneuses. Bien sûr, il n'était pas le seul à glander mais il était le seul à l'afficher si ouvertement tout en se croyant discret.

Car Joël ne faisait pas dans la protection des apparences, sans doute trop d'effort pour lui. Maître de son emploi du temps qui aurait dû être, selon toute logique, chargé à bloc, il déambulait sans contrainte dans les couloirs ou s'installait tout naturellement dans le bureau d'Iris pour bavasser. On entendait ses rires rebondir contre les murs.

— Quel connard, celui-là !

Dimitri crachait son exaspération.

Il le haïssait pour son oisiveté sonore certainement parce qu'il aurait aimé se permettre la même chose. Quand les gens vous jugent, c'est surtout par jalousie, parce qu'ils n'osent pas faire ce que vous faites.

Je frappai au bureau d'Iris, entrai.

Je découvris un salon de thé.

Elle et Joël sirotaient leur café de dix heures, heure à laquelle Joël débarquait à la boîte chaque matin. Sur le bureau, croissants et pains aux raisins.

L'odeur était alléchante.

— Ça va tranquille, le Club Med ? Je sais pas si c'est parvenu jusqu'à vous avec le décalage horaire et tout ça mais y en a qui bossent en fait, là, juste derrière le mur.

Iris pouffa, Joël doubla la mise.

Deux zéros.

Mon acidité les amusait.

— Hello Stan, viens donc te joindre à nous !

Je dus faire une drôle de tête car leurs rires redoublèrent.

Joël me tendit une tasse emplie de café Nespresso. Iris avait sa machine personnelle dans son antre.

— Tu sais, la vie ne vaut d'être vécue que pour des moments comme ceux-ci : gais et agréables. Mais il en existe trop peu. Alors que faire ? Eh bien c'est simple : il faut les provoquer, ensuite les multiplier ou que ce soit. Un croissant ?

Joël n'était ni plus ni moins qu'un dandy des temps modernes. Svelte, sportif, raffiné, il excellait dans l'art de se vêtir et de prendre soin de lui. Un individu assez futile qui semblait mettre un point d'honneur à estimer qu'il avait toujours raison. Cependant, contre toute attente, je découvris qu'il était aussi capable de prononcer des phrases susceptibles de me donner à penser. Mon aigreur mit les voiles.

— C'est-à-dire ? m'enquis-je en déchiquetant mon croissant doré à point

Joël ricana. Je le divertis c'est un fait. Iris, elle, papillonnait du clavier aux viennoiseries, graissant les touches à chaque passage de ses doigts.

— D'abord, il faut de la chance, en proportion raisonnable, autrement, c'est l'ennui donc quelques grammes suffisent. Après, s'entourer de personnes de valeur. Comme Iris. Et les garder, maintenir le lien. Tu me suis, Stan ?

Iris lançait des coups d'œil amusés de temps à autre. Je ne comprenais pas son attachement à cette créature fantasque et désinvolte.

— Et le boulot pendant ce temps-là ?

Joël posa sa tasse, se tourna vers moi. L'heure était grave visiblement.

— J'ai sous mes ordres une équipe ultra compétente.

Ce n'est pas un hasard : c'est une stratégie. Grâce à elle, je peux me détendre au bureau.

— Tu sers à quoi du coup ?

Il me dévisagea. J'étais presque sûr que la couleur de son teint allait virer au rouge d'avant-baffe. Au contraire.

— Excellente remarque ! Eh bien, je vais te le dire : je suis une vitrine. Toute la partie relationnelle, c'est moi qui la gère. Et je supervise bien entendu. Si tous les managers déléguaient comme moi, il n'y en aurait pas un qui finirait avec une crise cardiaque. Gloire à la coulée douce !

J'engloutis le reste de mon croissant.

— T'as raison pour ce que tu disais au début : il faut de la chance.

— Oui. Je suis entré dans une entreprise où je peux tout me permettre alors je serais bien con de ne pas en profiter.

Hum, ça se tient. Je dis merci et descendis dans les geôles. Alors que je pensais passer inaperçu, la voix de Nigel me fit sursauter.

—At least you tried...Nice move, though!

Je n'en crus pas mes oreilles et encore moins mes yeux : Nigel souriait.

Me calant devant mes écrans, je me mis à sourire. Les miracles arrivent parfois ; il suffit de ne plus les attendre.

Il y aura de la danse

Je courais, vite, très vite, toujours plus vite, encore, il fallait que je sente mon cœur, qu'il cogne, qu'il tressaute, qu'il bondisse, je sentais que ça montait très haut, que c'était à la limite de l'écrasement mais ça ne me dérangeait pas de crever comme ça, partir comme une étoile filante, de trancher dans le vif, partir en confettis, ça cadrait assez avec mes pulsions ; la musique me guidait, elle déferlait dans mes veines, le rythme saccadé et délirant me donnait des ailes, plein d'images s'agitaient, j'étais de nouveau quelqu'un d'autre et tout d'un coup tout était lumineux et possible et je débordais d'énergie, je foulais la fatigue sous mes pas, la musique vibrait contre mes oreilles, tout était clair, plus de questions, le fantasme naissait, bourgeonnait, frémissait, frétillait, il prenait corps, m'enveloppait, s'emparait de moi, c'était dingue, j'étais dingue, encore plus que d'habitude, dis-moi, dis-moi... je courais vite, la musique aiguisait mes sens, il n'y a que ça qui nous gouverne... mes veines se chargeaient d'adrénaline, gonflaient, je me mettais à bouillir de partout, je prenais feu mais j'avais la sensation que c'était le feu qui me prenait. Dis-moi combien de fois... Les images dansaient, s'entrechoquaient, le tango devint sensuel, animal, ça allait vite, un va-et-vient lascif, vorace, le jet violent d'images continuait, je courais toujours, encore. Am stram gram pic et pic et colégram

C'était beau et fou, secret et magique, tout ce que j'aimais. Et à partir de là, tout dégringola.

Un soir, en rentrant du bureau, je trouvai un faire-part. Mais pas celui de Tiago, non, ça venait d'Eddie. Ginger.

Le gingembre, ça sentait le gingembre tout à coup. Ginger lui convenait mieux qu'Eddie. Elle avait le même sourire que Sharon Stone dans Casino. Les mêmes seins aussi, affriolants et fermes aux tétons très réactifs. Et puis, cette langue, cette langue curieuse et experte qui m'ouvrait les portes d'un paradis perdu…

Oui, bien perdu : me voilà passé du statut d'ex à celui de vague électron qui, jadis, gravitait dans les parages. Le temps avait tout dilué ; je n'étais plus rien depuis longtemps. Moi, je me souvenais de trop de choses. Il aurait fallu que je fasse comme dans un roman que j'avais écrit : détruire la carte mère des souvenirs en putréfaction. Des gens brûlent, déchirent des photos, des messages alors qu'il faudrait directement s'attaquer au cerveau.

Rencontre du troisième type

Côté écriture, c'était la jachère. Selon les prophéties de Saint Joël, c'était une question de karma. Il n'était pas rare de se retrouver bloqué à un carrefour. Et si on restait bloqué toute une vie ?

— Tiens, je vais te prendre un rendez-vous avec Markus, mon magnétiseur. Il va te faire un nettoyage intégral, tu seras libéré de tout ; c'est sensationnel.

Par chance, Joël prenait des initiatives qu'il oubliait dans la minute. Mais voilà que quelques jours plus tard, d'une seule giclée aussi foudroyante qu'inattendue, j'achevai La princesse gelée.

Alors je tentais de harponner des éditeurs avec un hameçon de mes « œuvres ». L'hameçon en question consistait en un résumé supposé alléchant de mon texte. Exercice que je répugnais à faire.

J'avais l'image des filles d'Amsterdam dans leurs vitrines rougeoyantes.

Mais c'était le jeu. Comme ailleurs. Freud n'avait pas raison sur tout mais beaucoup de choses se révélaient être une affaire de séduction.

Pour réussir, il faut séduire.

Que ce soit pour vendre une cuisine ou du shampoing, le minimum syndical de sensualité est requis. Sexy est la nouvelle tyrannie. Et ce n'est pas Octave Parango qui me contredirait.

Un jour, un auteur contacté sur LinkedIn me dit : « Il y a trop de mots dans votre texte, l'action en pâtit. Donnez au lecteur envie de rester. » J'étais une petite allumeuse, en gros.

Et puis, j'eus un rendez-vous avec un éditeur.

Ça y est : ça décollait enfin ! Le croche-pied à mon pessimisme que j'attendais. J'étais dans un état d'euphorie tellement intense que je n'avais presque pas dormi la veille.

Et voilà que le jour J arriva.

Installé dans un café, j'en étais à mon deuxième Coca quand un homme assez âgé, au visage carré, vêtu d'une chemise froissée blanc cassé et d'un pantalon marron fatigué se dirigea vers moi.

Quelque chose dans sa démarche évoquait un flâneur, un dilettante qui ne savait pas de quoi demain serait fait et qui s'en réjouissait.

— Bonjour, Norbert Kalcq, c'est moi que vous avez eu au téléphone, l'éditeur.

Une chute de trente étages.

Dans mon excitation, quand même, j'avais entrevu des situations absurdes mais il y avait des limites. Visiblement, il n'y avait que moi pour le croire. La réalité se foutait royalement des limites surtout en matière d'ironie. Il me tendit une main molle et froide comme une escalope sortie du frigo pendant que je me demandais comment j'en étais arrivé là.

— La princesse gelée. Très bon, ça... oui, La princesse gelée, c'est joli. Rien que le titre vaut son pesant d'or.

Ses paroles étaient identiques à sa démarche ; aucun but, juste des tentatives décoratives.

— Et vous seriez intéressé pour publier ce roman ? C'est bien ça ?

Kalcq eut un geste pour tempérer mes ardeurs.

— Dans l'absolu, oui bien sûr ! Ce texte est un bijou. C'est une histoire qui va toucher des milliers de personnes.

Son exaltation en plastique me fatigua. Ça sonnait mondain, le genre de phrase qu'il semblait avoir réservé au frais tout exprès pour l'occasion.

— Et vous êtes depuis combien de temps dans l'édition ?

Norbert Kalcq gratta sa joue mal rasée. Il commença par se dandiner un peu sur la chaise avant de se hâter de répondre, d'un air dégagé :

— Eh bien, il se trouve que je me lance dans l'édition.

Mais pour l'heure, je m'efforce de repérer les perles littéraires. Et j'ai déniché votre texte et... quel texte !

C'était reparti. Il se lança à nouveau dans une critique dithyrambique qu'il assaisonnait de superlatifs aussi grandiloquents qu'insupportables. J'étais sur le point de prendre congé quand il me demanda, soucieux :

— Vous avez peut-être besoin d'une avance. Je suppose qu'il vous en faudra une. Par contre, je ne sais pas encore à combien cela peut se chiffrer.

Ce type n'avait aucune idée de ce qu'il disait. Je me figurai son cerveau : un enchevêtrement de routes en forme de boucles menant systématiquement à des impasses.

— Il va falloir que j'aille sortir le chien, dis-je, en me levant.

— Vous avez un chien ?

— Non mais j'ai trouvé que c'était une façon plus convenable de clore l'entrevue.

Dans son regard, le vide sidéral.

Un vide qui me rappelait que ma chute était loin de se terminer.

I feel the chaos around me, Phoenix[1]

Le verdict allait tomber, les têtes aussi.

On allait enfin connaître la liste des finalistes qui allaient repartir avec une boîte de jeux.

Les employés avaient des gueules de candidats à la chaise électrique. Et pour accentuer le dramatique de cette tragédie grecque en carton, le brouillard se densifiait derrière les vitres. Je m'attendais presque à voir surgir le Cavalier sans tête de Sleepy Hollow.

Ce fut pire.

Brenner prononça les mots « remontée spectaculaire », « nette amélioration du carnet de commandes », « hausse du cash-flow », « relance inespérée ». Autour de moi, des sourires de partout, des salariés grisés par le soulagement, le contentement de la permanence grisâtre triomphait.

Voici donc le verdict : rien de tout ça n'allait s'effondrer. Le vaisseau poursuivait sa trajectoire.

C'était sans appel.

Sans l'alcool, plus possible de porter un regard flou sur la situation : j'allais végéter dans mon bocal à anchois parmi les

[1] Phoenix, if I ever feel better

murènes et les harengs avec ma bouée de sauvetage éternelle, mes bouquins. Armure en papier crépon lorsque l'on côtoyait des illettrés, capables de taper une faute par mot sans en rougir.

Bien sûr, j'aurais pu partir, me réinventer, reprendre des études, écrire sans arrêt mais je n'en fis rien parce que je connaissais le topo ; au final, la facture est plus forte que l'homme, c'est le système.

Mais il y avait autre chose de beaucoup plus irrationnel.

À force de patauger, je finirais bien par toucher le fond. Ce fond sombre, méconnu qui continuait à exercer sa magie étrange sur moi.

Alors, assez vite, ça s'était détérioré, lentement, en pente douce. D'abord, en accord avec mes prédictions, mes rapports avec Tiago s'espacèrent avant de cesser complètement. Mariage oblige. En surface, rien ne changeait. Seulement, on oubliait trop souvent que les choses les plus graves ne se détectaient pas à l'œil nu, tout se détraque bien avant d'avoir l'aperçu avant impression. Croire ce que l'on voit signifie aller au-devant de belles désillusions. Tout est dans l'invisible, la vérité dans le silence.

La descente s'amorçait donc. Désormais, j'avais baptisé L'open space la Sibérie. La température, à présent, frôlait les moins quarante en plein mois d'octobre : communication orale bannie ; on optait pour les courriels. On coupait le son, l'économie d'énergie avant tout.

Le souvenir de Kalcq, gluant et inutile persistait dans ma mémoire. Il était devenu un rappel : celui de la propension des choses à stagner, à pourrir sur pied quoi que je tente de faire.

Ensuite, il y eut la friction de trop avec mon clébard favori, la Ranu, aussitôt suivi d'une convocation justifiée. Après la claque sur les fesses de bon aloi, Brenner me prit à part :

« Stan, prenez des vacances si vous êtes sur les nerfs mais ne foutez pas tout en l'air, bon sang ! »

Brenner était un ours descendu de sa montagne. Il ne souriait que sous la contrainte, ne savait pas mettre les gens à l'aise. Mais il était capable de laisser sa peau d'ours au vestiaire quand ça sentait vraiment le brûlé.

Seulement, c'était trop tard : j'étais devenu le gars à éviter. Ce qui ne bouleversait pas mes habitudes. Ainsi, je n'essayais pas de décoller l'étiquette qu'on m'avait si facilement plaquée sur le front ; je risquais trop d'y arracher un lambeau de peau avec.

Alors que le mur dans lequel je fonçais se précisait dangereusement, que rien n'indiquait autre chose qu'un grand froid suivi d'une mort subite, c'est à ce moment, dans ce désordre que je la vis.

C'était un jour où Dimitri s'était donné pour mission de saccager mes nerfs. Afin d'éviter toute forme de meurtre tel qu'il me l'avait été expressément demandé, je partis m'enfermer dans une salle de visio vide au hasard pour faire redescendre la pression.

C'est alors que j'entendis une voix venant de l'équipement de visioconférence. Vite, je me planquai contre le mur pour être hors champ et j'attendis, je ne sais pas vraiment quoi ni pourquoi mais j'attendis.

Un visage apparut à l'écran.

Des yeux d'abord.

Grands, intenses, si intenses que j'avais l'impression qu'ils me fouillaient de fond en comble en dépit de ma cachette.

Puis une chanson démarra :

They say an end can be a start /Feels like I've been buried yet I'm still alive

Des frissons me vinrent quand brusquement, les yeux parlèrent :

— T'es là ?

Je me figeai, retenant mon souffle. Est-ce que, dans mon trouble, j'avais chanté les paroles malgré moi ? Alors, attiré par ces grands yeux prêts à me dévorer, je répondis comme dans un état second :

— Oui. Je suis là. Tu me vois ?

Un petit rire étouffé suivi d'un léger halètement.

— Je te sens.

Mon cœur s'emballa. Il y eut un temps encore puis :

— Est-ce que tu me regardes ?

Son corps.

Je ne le vis pas, le cherchai, en vain.

Il ignore combien de temps il est resté là-haut mais l'hôtel semble toujours dormir debout, macérant dans les brumes d'un clair de lune incertain.

Point final sans suite. Retour au blanc ; une chute dans les arêtes enneigées, non une amnésie.

L'histoire est coupée, une parenthèse privée de sa seconde partie. Logique quand lui connaît la suite.

Mécaniquement, il se relève, engourdi, ankylosé par tant de souvenirs ensommeillés si brusquement livrés à la lumière.

Il n'a jamais parlé de ce texte à Ariane, sa tante, pas tant par pudeur que par manque de temps. La chronologie des évènements est vague mais il situerait sa mort quelque temps après la rédaction de ce brouillon.

Les murs penchent un peu, rien qu'un petit peu, suffisamment pour qu'il s'en rende compte.

Il n'y a rien pourtant. Stan croit voir des choses qui n'existent que dans sa tête. Le réel s'estompe. Ici, dans ce navire éventré, la réalité devient douteuse. Les objets, les choses et même les gens manquent de consistance.

Il se demande si le client de tout à l'heure n'était pas une hallucination tout compte fait. C'est plus probable. Finalement, il s'est trompé de porte, il aurait dû aller chez un opticien. Parfois, il aimerait chuter du toit de l'hôtel pour achever cette mascarade une fois pour toutes mais la peur de tomber de haut le retient.

Dehors, sur le perron de l'hôtel, le froid l'englue dans une toile d'araignée. Instantanément, tout redescend, tout revient au point mort.

Les choses sont nettes : ce carnet, il doit s'en débarrasser.

Tout de suite.

C'est alors qu'il repère l'homme de l'autre soir. Immobile, son regard est braqué sur lui.

— T'as senti quelque chose revenir.

— Ça ne veut pas dire que ce soit juste.

— Connerie, c'est toujours là ! À l'aube, les images se réveillent, juste à la lisière du songe, avant de basculer.

— Je rêve, c'est tout, je suis juste en train de rêver pour ne pas flancher. Et quand je monte trop haut, trop vite, la descente est à chaque fois plus dure.

Une buée bleutée s'échappe de leurs bouches. L'homme, les mains dans les poches, piétine. Le froid devient mordant. Puis, ses yeux luisent.

— Tu peux encore la chercher, la trouver aussi.

— Ce truc-là c'est du poison, je ne veux pas y penser. J'ai fait un pacte avec les étoiles. Je bois leur ivresse dans le silence blanc. Grâce à elles, tout le bruit s'étouffe et je me calme. À la lumière du jour, on voit les cicatrices.

Une seconde naît, se fracasse par terre. Une autre arrive. L'homme renifle, hausse les épaules.

— Réfléchis.

Et, enfonçant la tête dans ses épaules, il s'efface, happé par l'obscurité. Ça tombe bien, Stan, lui, sait ce qui lui reste à faire. Alors, malgré la morsure du froid, le voilà qui déambule dans les rues jouxtant l'hôtel pour y abandonner son carnet, encore trop lâche et trop complaisant pour l'enfouir tout simplement dans une poubelle.

Il lui arrive souvent de penser qu'il est sans illusion. Dorénavant, il est sans passé.

À l'hôtel, il est chez lui. C'est sa maison de campagne.

Plein de choses à faire, à réparer, de sourires à donner, de temps à perdre, d'étages à monter, à descendre, de couloirs à sillonner.

Des tâches machinales qu'il sait faire vite et bien, un ensemble d'activités sans attrait, régi par la règle du tempo.

Un jour, la directrice lui a dit : « ce serait bien si vous pouviez pallier aux menues réparations de l'hôtel, parce qu'il n'y a pas mal de petites choses à entretenir… »

Pallier à ?! Il s'est mordu la joue mais déjà la directrice l'entraînait dans le dédale des étages. C'est une petite femme menue, toute sèche, pourvue d'une voix douce et reposante de prof de yoga. On l'imaginerait sans peine en infirmière dévouée. En réalité, c'est une femme froide, incline aux commérages et sujette aux crises de nerfs, particulièrement en période d'audit ou après le coup de téléphone quotidien de sa fille qui, malgré ses vingt-deux ans, est toujours dotée d'un cordon ombilical intact.

À mesure que les directives s'écrasaient contre les parois des corridors, tout se mit à fondre. Il était en sucre et chaque nouvelle instruction une goutte de plus qui tombait sur lui. En voyant le petit tas de cristaux blanc à ses pieds, la directrice s'estima comblée. Enfin, sur le moment. Il était de son devoir et de sa responsabilité de maintenir ses employés constamment stimulés. Aussi, son contentement resta très discret. Quant à ses fautes d'orthographe, son recours systématique aux lieux communs, son obsession de rogner les coûts, il ne s'agit que de petites faiblesses.

Aussitôt dit, aussitôt fait, il fut nommé réparateur officiel de l'hôtel. Ce qui implique non pas une petite majoration de salaire mais le privilège de la boucler, surtout quand François, le chef de la réception, prenant un plaisir pervers, lui demande de réparer telle ou telle chose au moment où son service est achevé à sept heures et demie du matin.

Le carnet est un objet maléfique. Pas étonnant qu'il ait eu tant de réticence à se replonger dedans. Car, même livré en pâture aux rues, il sent un étrange magnétisme qui continue d'agir. Une main invisible le maintient en arrière.

À moins que ce ne soit dans sa tête.

Les pensées ne sont pas grand-chose comparées au concret, au rugueux de l'asphalte, ce ne sont que des mécanismes secrets alimentés par le fantasme, les souvenirs, tant de choses flottantes et aériennes à la fois. Alors qu'est-ce qui est vrai ? Il se raccroche à la raison avec difficulté car malgré cette ambiance bancale entre assoupissement et jeux d'ombre, la percée lente du dérèglement le berce.

Il tend l'oreille.

La musique continue. Il essaie de la localiser, tâtonne un moment puis elle stoppe brusquement. Il s'arrête au milieu du hall.

Il attend. Enfin, frustré, il retourne à sa lecture. Il se fait sûrement des idées, il ferait mieux de s'en tenir au périple merveilleux de Baldassare et de délaisser ces bruits de couloirs diffus.

Cette fois, les accords sont très nets. La mélodie le guide, il quitte le hall, se dirige vers les ascenseurs. Il entend toujours, monte, s'arrête à chaque étage, encore plus haut. Il finit par atteindre le toit.

C'est obscur, plus aucun son. Il cherche la lune selon son habitude. Elle se dévoile. Pour lui, c'est un morceau de nacre. Il s'attarde un moment, toujours avec l'envie sous-jacente d'y débusquer quelque chose, en vain. Puis, il redescend.

Atteignant son bureau, il manque de défaillir.

Là, posé en travers du clavier de l'ordinateur, le carnet bleu trône, triomphal, narquois. Son cœur tambourine, il sent la suée simultanément chaude et glacée dans son dos. En dessous de la dernière phrase de ton texte, ce message tracé au crayon pour tempérer ainsi l'intrusion :

Première rencontre irrationnelle ! J'ai oublié le temps... Merci ! Où se cache la suite ?

Il écarquille les yeux.

Referme le carnet. Attend. Compte mentalement. Ouvre à nouveau. Les mots sont toujours là, dansants, hardis. Il relit. Le texte résonne en lui. Ce sont les paroles d'une chanson, tout l'invite à entrer dans cette ronde.

Penché, il étudie de plus près cette écriture toute en rondeur. Une femme très probablement. Mais qui, comment, pourquoi ? Il n'avait pas jeté le carnet dans une poubelle mais en pleine rue... il peut s'agir de n'importe qui. Il trébuche chaque fois qu'il tente de bâtir un raisonnement rationnel. En pure perte : la nuit, dans son étrangeté, vient de tuer toute logique.

Son premier réflexe lorsqu'il se réveille dans l'après-midi, est de vérifier si le message est toujours sur le carnet. Bon. Pas d'hallucination. Le brouillard des questions revient, si compact qu'il en oublie presque la sortie avec Lydia.

Arrive en retard.

C'est bruyant, bondé. Il veut s'enfuir, un serveur lui demande s'il a réservé avant de lui désigner sa table.

Pas de Lydia. La tentation de partir le reprend, l'agitation l'empêche de réfléchir.

— Salut frangin, fait Lydia magiquement apparue, flanquée d'une fille dont l'air arrogant le crispe d'entrée de jeu. Je vais commander, pendant ce temps-là, faites connaissance.

Un clin d'œil explicite et elle décampe.

Le voilà nez à nez avec une inconnue qui lui envoie un sourire aussi artificiel et suspect que la couleur de son hâle. Sous ses yeux noirs bordés de cils plombés par le mascara, des cercles mauves apparaissaient malgré les artifices cosmétiques, fin de journée oblige.

— Moi c'est Ellya.

— *Il y a* foule ici.

— Non, Ellya : E-L-L-Y-A.

— Avec un Y ?

— Oui, avec un Y. Et toi ?

— Non, moi j'ai pas de Y sous la main mais ma sœur Lydia en a un. Je vais la chercher ?

— Tu t'appelles comment ?

Gagné par une poussée de fièvre délirante, il continue sur sa lancée.

— Adam. Comme le premier venu.

— Le premier venu ? Qui ?

Voilà que ça se complique. Stan marque un temps, se racle la gorge.

— Comme le premier homme, je voulais dire.

— Ah, oui celui qui a marché sur la lune.

— Non, sur une pomme.

— Une pomme ?

— Oui, c'est excellent pour l'équilibre.

Dans un flash, il revoit Jade, cette prostituée occasionnelle qui racolait très furtivement dans les bars. Il n'avait aucune idée de son commerce et ça tombait bien. Ce soir-là, elle avait le cafard. Alors ils avaient échangé quelques baisers, leurs langues avaient un goût d'alcool, de tabac et de joie sans promesse. Probablement le meilleur cocktail qu'il lui ait été donné de savourer.

Emportée dans le flot de ses pensées, son attention dérive.

Qui a posé le carnet ? Qui a pu s'intéresser au brouillon confus qu'étaient ses réflexions de l'époque ? Ça ne tient pas debout et de bout en bout, tout devient fou. Il commence à envisager l'hypothèse d'une blague, sans toutefois y croire vraiment. Arthur a une écriture de cochon, quant à ses collègues directes, c'est encore moins probable. Quelle fille cachée derrière ces arabesques, ces points d'exclamation sautillants, communiquant une énergie quasiment palpable ?

La femme bat des paupières. Les signaux rouges s'allument de toutes parts. Haute tension, grand danger. L'alarme ne va pas tarder à retentir, il croit la rupture d'anévrisme imminente. Finalement, elle émet un hoquet, sorte de rire sans joie.

— Hum. Sinon, moi, je prendrais bien un mojito et quelques whiskies avant la vodka.

— On a tous des missions à accomplir, j'imagine.

Les paupières fardées clignotent, en alerte. Elle paraît une seconde en équilibre instable avant de faire bifurquer la conversation.

— Bon et à part ça ?

Un bref arrêt et elle enchaîne.

— Moi, en tout cas, trop contente d'être en week-end, j'ai eu une semaine de folie au boulot.

Stan opine du chef, machinalement. Il cherche Lydia des yeux comme un naufragé pris dans la houle hostile. La fille poursuit, désireuse de combler les blancs.

— Ça fait du bien d'être en week-end. Bon, j'adore mon taf mais des fois, on a besoin de repos. Tu fais quoi, toi, pendant les week-ends ?

— J'ai pas de week-end.

Silence assourdissant au milieu de la rumeur rieuse.

Temps mort dans les yeux du pantin trop maquillé.

Que fabrique Lydia ? Est-ce qu'elle a eu le toupet de prendre la clé des champs pour laisser son frère s'abîmer dans cet échange de mauvais procédés ? Il arrive souvent à sa sœur d'oublier son anniversaire. S'agit-il d'un arrangement maladroit pour s'acquitter de tous ses manquements ?

— Pourquoi, tu fais quoi ?

— J'écris.

Il a dit ça sans réfléchir, s'en étonne lui-même. Les yeux papillonnent.

Une pause.

— Non mais comme boulot.

Stan la dévisage et le silence, lourd, entêté, s'invite de nouveau à leur table.

— T'es veilleur de nuit, d'après ce que m'a dit Lydia, ça me revient maintenant. Ouais, pas sexy, fit-elle appuyant sur le terme « sexy » en traçant des guillemets dans l'air avec un petit gloussement lamentable. Et ce simple geste sème le doute dans l'esprit de Stan.

Se peut-il vraiment qu'elle se croie bandante avec ses bras à angle droit et son visage grimé à l'excès qui n'est pas sans illustrer le pouvoir étrange des apparences ?

— Faut que tu cherches ailleurs, reprend-elle, c'est vachement important, le boulot. Et puis, y a plein d'opportunités avec toutes ces nouvelles boîtes qui se sont créées un peu partout…

Qui est-elle au juste ? Une responsable des ressources humaines en quête d'heures supplémentaires ? Là-haut, hors de portée, l'horloge le nargue. Au cas où il aurait oublié, c'est elle qui commande : son service ne débute pas avant deux heures…

— Hé, si t'as pas envie de parler, t'as qu'à le dire !

Trop stupéfait pour prononcer une parole, Stan s'immobilise.

Non, il ne rêve pas : l'étrangère est bel et bien à bout de nerfs.

— C'est lourd ! ça fait une heure que je galère à parler dans le vent… tu me poses aucune question… tu restes là à…

— Ben, t'as une liste pour ça ?

Flottement, paupières clignotantes.

— Comment ça, une liste de quoi ?

— Une liste de questions que je suis censé te poser, t'en as une ?

Une fois de plus, son tic nerveux des paupières la reprend. Deux corbeaux capables de prendre leur envol. Puis, ils se figent.

— Mais j'en sais rien, ça se fait naturellement…

— Naturellement ? C'est arrangé par ma sœur.

— Bah oui, c'est commun, ce genre de trucs et alors ? Tu sais pas discuter avec des gens ?

Commun… la messe est dite.

— Si, si, encore faut-il que les gens soient « sexy ».

Stan sourit si largement qu'il a presque le sentiment d'éclabousser son interlocutrice dont la lèvre inférieure se met à frémir d'indignation à la manière d'une frite qu'on aurait mise à rissoler dans une poêle.

— Ah ouais ?

— Ouais.

— Et c'est quoi sexy pour toi ?

— Le contraire de tout ça.

Un rouge cramoisi colore séance tenante les joues de la demoiselle outragée.

Plus un son ne sortira d'elle.

— De quoi vous parlez ?

Lydia n'aurait pas choisi de meilleur instant pour faire son entrée.

Sa question est accueillie par un silence de plomb et l'œil de hibou presbyte de son amie. Sa sœur n'aura pas de réponse plus éloquente malgré le balancement appuyé de son regard allant ostensiblement de Stan à Ellya et d'Ellya à Stan.

Puis, son frère se lève et elle comprend que l'heure n'est pas à la subtilité.

Cependant, les mots se bousculent si vite dans sa gorge qu'aucun ne se fraye de chemin jusqu'à sa bouche et Stan lui passe sous le nez, les prunelles ardentes d'un défi mêlé de rancune.

Interdite, elle reste plantée au milieu de l'entrée quand une main s'abat sur son épaule. Ellya lui fait face.

— J'aurais jamais dû accepter un rancard avec un Balance.

— Il est pas Balance.

La bouche d'Ellya forme un O.

— Alors il est totalement à côté de ses pompes.

Dehors, il a plu, le brouillard a disparu. Les rues, la route, les trottoirs se fondent dans une même teinte sombre détrempée et lustrée si bien qu'il a le sentiment de nager dans de la gouache noire. La ville est une flaque d'encre de Chine immense, piquée de taches de lumière tremblante et mouillée. Le ballet des voitures, furtives, résonne comme les vagues d'un océan. Son corps est agité par la rage et l'amertume qu'il tente de semer. Il marche tellement vite qu'il a la certitude que la nuit est en train de l'aspirer tout entier dans ses abysses. Tout au fond. Là où il n'y a plus que silence et rêveries. La vague sombre se dresse devant lui, il ne recule pas, au contraire, et ouvrant les bras, il s'abandonne à cette sensation de vertige avec la griserie de la dernière folie.

Quelque chose d'autre l'attend.

Une tranche de poésie à grignoter.

Pendant deux jours, il tourne en rond, s'attarde dans les rues en espérant vaguement tomber sur l'auteur de la note. Il en vient à se dire qu'il ne s'agissait que d'une passante désœuvrée, amusée d'apposer son avis au bas de ses chroniques. Non, le carnet était dans l'hôtel. Une cliente insomniaque ? Il se mord la lèvre. Pourvu que ce ne soit pas l'antique danseuse de French Cancan. En voyant l'écriture, il rejette cette pensée en bloc quand une idée lui vient.

Il cherche une étiquette, trouve une note adhésive rose fluo, tant pis pour le rose, la colle sur la couverture du carnet et inscrit son nom en lettres capitales au feutre noir. Il réfléchit à une réponse. L'exercice, inédit, n'est pas simple.

Au bout d'un moment, il écrit quelque chose à son tour.

Satisfait, il indexe la page avec un onglet encore rose fluo, saisit une enveloppe kraft et glisse le tout dedans. Il est près de minuit, à cette heure-ci, les derniers points d'activité dans le secteur consistent en cinq bars et trois restaurants. On lui avait déposé le carnet par surprise vers une heure du matin et il devient de plus en plus inconcevable que ce soit une noctambule à l'esprit fantasque qui l'y ait laissé. Notant l'adresse de l'hôtel au verso de l'enveloppe, il se dirige vers la boîte aux lettres du premier bar choisi et y glisse le carnet.

Une ivresse très ancienne l'enveloppe. Une drôle de sensation, comme si une plaque de glace était traversée par une onde de plaisir improbable. Deux soirs plus tard, l'enveloppe lui est retournée. Curieux et empressé, il se dépêche d'ouvrir son carnet : pas de message.

Il applique la même stratégie, attend. C'est cette attente qui accompagne ses nuits dorénavant. Ce n'est plus Kafka, Hemingway, Nothomb ou Houellebecq. C'est encore plus flou.

Dans la main courante, il écrit une note à ses collègues de la journée pour les prévenir de l'arrivée probable d'une enveloppe à son nom.

Un soir, alors qu'il se dégourdit les jambes dans l'hôtel, il voit autre chose qu'une enveloppe foncer droit sur lui.

— Je suis dans la merde…

Couper les ponts avec ses contacts, c'est facile. Il suffit de ne plus rappeler et ça marche : vous voilà aux oubliettes. Avec la famille, c'est plus compliqué. La preuve par Lydia qui semble avoir des difficultés à saisir la notion de distance. Elle a essayé de le joindre un nombre incalculable de fois à tel point qu'il a dû éteindre son portable.

— Lydia, je t'ai déjà dit non. Pour toi comme pour Charlie, les trafics de piaules gratis, c'est terminé maintenant, je risque ma place.

Combien de fois cousin Charlie, ce grand lascar à carrure de basketteur au regard félin, avait-il débarqué au bras de filles légères en le suppliant de lui « prêter » une chambre « juste un moment » ? Quant à Lydia, elle ne se privait pas non plus. Dans la famille, on sait se rendre service.

En s'approchant, il aperçoit ses cernes et l'extrême pâleur de son teint.

— Gaétan m'a virée de l'appartement. Je vais devoir rester chez toi un moment.

Un silence.

— Il t'a grillée donc.

Elle hoche la tête en tordant la bouche. Pas étonnant, elle sortait souvent.

Gaétan a fini par avoir la puce à l'oreille. Il ne demande pas de détails. À quoi bon ? Il connaît le scénario. Lassitude, amant, mensonge, rupture. Lydia renifle, se mouche. « Tu sais ce que ça fait de trouver ses propres habits dans un sac poubelle devant chez soi et de ne pas pouvoir entrer ? »

C'est le choc du moment : demain, elle aura oublié ; demain, elle aura retrouvé son statut d'enfant gâtée.

Stan jette quelques mots de compassion qu'elle n'écoute pas. Alors il lui tend son double de clé qu'elle rafle sans un mot.

Elle disparaît avec son sac poubelle en guise de baluchon, un soldat partant au pied levé remplir une mission décisive. Il a aussi l'impression bizarre que dans ce baluchon de fortune, il y a ses ailes à lui, aussi.

Les jours qui suivent, il les vit dans une attente sourde, à peine esquissée. Une attente vaporeuse qui semble interminable et sans finalité, tapie au fond de son esprit dans un recoin et qui surgit lorsqu'il croyait l'avoir dépassée. Il se demande si quelque chose va se passer mais l'heure est aux piétinements, l'enveloppe ne revient pas. Est-ce que son carnet connaît enfin le destin qu'il mérite, enterré dans une poubelle ou tout simplement jeté aux oubliettes, acceptant docilement la poussière sur le coin d'un meuble ? Le jeu, à peine amorcé, s'essouffle prématurément. Il reste sur sa faim ; la cuillérée de confiture vite ingérée ne suffit plus, voilà qu'il lui faut finir le pot. Un regard sur la main courante ne lui dévoile rien d'autre que le travail en cours. Il s'empare de sa liseuse dans l'espoir d'être aspiré par une histoire plus palpitante que la sienne. Pour ça, Connolly et son univers marécageux feront très bien l'affaire.

Les jours s'écoulent ainsi, plats, uniformes, l'attente se dilue petit à petit, brouillée puis éclipsée par les questions du quotidien. Il faut noter que Lydia se débrouille à merveille pour recentrer son attention sur les choses terre à terre. Leur cohabitation va, cahin-caha, tel un radeau perdu au milieu de l'océan. L'inquiétant n'est pas la précarité de l'équipage mais l'absence de rivage en vue. Certes, leurs emplois du temps contraires leur permettent de ne pas se marcher dessus ; cependant, ces interstices ne sont que des répits ténus, réduits en poussière durant les quelques fins de semaine que Stan a de libres. Lydia renoue avec ses humeurs instables et il lui faut du mouvement. Les week-ends deviennent synonymes de menace d'orage. Il faut sortir, il faut voir du monde, il faut s'enivrer de bruit et de danse. Lydia l'a décrété. Le samedi soir, on a l'obligation d'être joyeux. Alors, parmi les cartons à pizza, les canettes de Coca Zéro à moitié vides et les flopées de mouchoirs blancs, chiffonnés, épanouis comme des camélias, disséminés un peu partout dans son appartement parce que Lydia a le sens aigu du territoire, il comprend que le fossé se creuse, que les justifications, telles ses larmes de crocodile, menacent de pleuvoir.

Il s'arrange alors avec ses collègues pour travailler les week-ends. Là-bas, il ne risque rien, il est en terrain connu. Puis, son obsession du moment se ranime. Rien dans la main courante ou sur le bureau. Il commence à douter du bien-fondé de son raisonnement de départ. C'était une promeneuse nocturne. Dans ce cas, comment expliquer le carnet en travers du clavier ?

C'est le geste d'une personne qui connaît ses habitudes… ses collègues ?

Il joue avec cette nouvelle possibilité un instant. Absurde.

Il imagine mal Rocío, Samira ou Marion s'adonner à ce genre de fantaisies.

D'ailleurs, l'écriture ne correspond pas.

La promesse sucrée de l'attente vire à une amertume métallique. Sa frustration est celle d'un enfant inapte à dominer ses émotions. Elles sont des loupes au travers desquelles les détails les plus infimes sont démultipliés.

Il n'est plus si sûr d'avoir fait le bon choix en s'exilant à l'hôtel durant les week-ends. Mais la certitude lui parvient quelques jours plus tard, lors de son congé hebdomadaire.

Une heure de rancœur déversée et de revendications… Qui était au bout du fil avec elle ? Une amie sans doute, qui d'autre pourrait supporter un tel déballage ? Ceci expliquerait le succès des soldes. Les filles ont ce don unique de tourner en rond pendant des heures, tout a déjà été dit, il n'y a rien de nouveau pourtant on continue de palabrer, d'analyser, de disséquer, de couper les cheveux en quatre comme des commentateurs sportifs obligés de meubler dans l'attente d'une action décisive. Stan se demande si sa sœur prend plaisir à ce verbiage. Lui, il en a la migraine et malheureusement vu l'exiguïté de l'appartement, il se trouve aux premières loges. Ce soir, le cinéma de quartier propose une comédie légère : Lydia, l'infidèle incomprise. Assise en tailleur sur le canapé-lit ouvert, en travers du salon, ses cheveux colorés dans un roux tapageur lui tombant sur la figure : une adolescente qui se lamente.

Et lorsqu'enfin, elle raccroche, c'est pour dire :

— Et toi, tu dis rien ?

Les yeux de Stan tombent sur les vestiges d'un déjeuner pris à la va-vite sur la table basse, poussée de guingois contre le meuble de télévision tandis que le canapé est déployé dans sa position lit. L'écharde coincée entre eux, cet épisode de rancard raté, se réveille à ce moment précis.

— Si, j'aimerais bien que tu ranges ton bordel.

Son regard querelleur s'allume aussitôt et une rancœur froide gondole ses traits comme ceux d'une noyée. Avec une mauvaise grâce évidente, elle se lève, débarrassant avec lenteur les restes de son repas.

— À part ça ?

— T'as voulu jouer, t'as perdu. Point. Est-ce que ça mérite de s'étaler sur une partie de poker ?

Une rougeur brusque colore son visage puis son expression se fait féroce.

— J'aime Gaétan.

— Évidemment.

— Quoi « évidemment » ?

Silence. La rougeur de Lydia s'intensifie.

— C'est toi qui me juges ? T'as même pas de vie, c'est facile !

— Je me demande qui vient de juger l'autre…

— Parle pas de ce que tu sais pas, c'est tout !

Un temps.

— C'est comme ce plan que je t'ai arrangé avec ma copine…

— Franchement, si j'étais toi, j'éviterais de mettre ça sur le tapis. C'était pas très malin…

— Alors tu vas rester comme ça ? Seul avec ce boulot…

— Ouais désolé c'est pas sexy mais j'aime ma vie comme elle. Je suis bien là, à l'abri.

— À l'abri de quoi ?

Adossée au plan de travail, Lydia a son air déterminé de fille qui veut tout comprendre, tout analyser pour tout étiqueter ensuite. Elle repose sa question. Voilà : la quête éternelle de réponse et de rationnel reprend.

— Écoute, y a rien à comprendre, y a qu'à me laisser vivre. Moi, j'arrive bien à le faire avec toi.

— Toi, tu t'en fous, c'est différent.

— Ah oui, comme papa, c'est ça ?

Leur père est un humain rare qui ne cherche pas à transformer son entourage.

Il dit souvent qu'il n'est pas magicien. Raison pour laquelle on l'accuse volontiers de se foutre de tout. Dans le monde de Lydia et de sa mère, la nature n'existe pas : il faut la mater, la brider, la racornir, il faut correspondre, rentrer dans des cases préfabriquées et ne jamais en sortir. Et si par malheur les cases sont trop petites ou mal ajustées, elles se chargent de vous faire rentrer de force, tant pis si ça dépasse.

Elles sont soucieuses de leurs proches et non intrusives.

— Non, pire que papa. Je me souviens quand j'ai présenté Gaétan à la famille. Pendant tout le repas, t'étais dans la lune. Qu'est-ce que tu fabriquais dans ta tête, une nouvelle histoire ? Un machin qui sera jamais lu alors qu'il y avait une vraie histoire en train de se construire devant toi. Il a fallu que tu sois ailleurs. À chaque fois, c'est pareil.

— Si tu le sais pourquoi tu me le reproches ?

— T'aurais pu faire un effort !

— Un effort pour correspondre à tes attentes ? Et toi, est-ce que tu corresponds aux miennes ? C'est un piège, les attentes. Plus on en a, plus on tombe de haut. Il serait grand temps que tu t'en débarrasses. T'es une grande fille, il me semble.

— Et toi, tu comptes te réveiller bientôt ?

Combien de personnes doivent essuyer ce genre d'escarmouche ? Est-ce qu'il est vraiment le seul ? Est-ce que tous ceux qui habitent une planète reculée reçoivent constamment ce genre de rappel à l'ordre désagréable comme une vieille créance qui ne sera jamais honorée ? Combien de relances encore pour le faire entrer dans le rang ? Lequel, d'ailleurs ? Décrété par qui ? Qui a commencé à planter ces règles sournoises, diffuses et pourtant tellement ancrées dans les cervelles pour que s'impose une vision unique d'un monde monochromatique, fixé sur des rails ?

Il lui faut un livre tout de suite, une porte de sortie.

Plus qu'une évasion, il demande à être évacué.

Il repère sa liseuse sur la console branlante de l'entrée. Il en était où ? Il sourit, l'histoire se déroule déjà. Il empoche sa liseuse, apaisé. Alors doucement, il se remet à léviter.

— Le devoir m'appelle.

Nouvelle torsion des lèvres, cette fois plus accentuée. Lydia soupire bruyamment, croise les bras sur sa poitrine. Peut-être qu'elle va exploser ou tout bonnement enfoncer le clou.

C'est sans importance, il est déjà sur le palier et dévale les escaliers. Et par cette simple action, toute la lassitude de ce duel reste derrière lui. Tout disparaît tel le noir abrupt au cinéma signalant la fin du film. Les lumières se rallument vite et soudain, il ne reste plus que de vagues images en suspension, légères, les volutes de fumée qui s'évanouissent.

Il est bien trop en avance pour prendre son service à l'hôtel alors il traîne un peu dans les rues. Tout de même frigorifié par l'haleine glaciale du vent, il s'engouffre dans un fast-food. Ce n'est pas là qu'il voudrait être. Il a autre chose en tête. Il voudrait rentrer dans un bar, il pense à un liquide brûlant glissant dans sa gorge… dérive, danger. Il se rabat sur un thé bouillant. Des années qu'il n'a plus eu ce genre de pensées.

Il allume sa liseuse. Plus un son, le décor fond, se désagrège. Il plonge à cœur perdu dans l'histoire qui s'ouvre à lui en prenant toutefois garde de ne pas arriver en retard à l'hôtel.

Il l'atteint en avance. Échange trois mots distraits avec Tony, le barman de l'hôtel achevant son service. Il gagne la réception pour relever sa collègue Rocío. Elle lui passe des consignes qu'il n'écoute pas quand elle lui tend une enveloppe.

— C'est arrivé hier.

Son attention s'allume et sitôt qu'elle tourne les talons, il ouvre fébrilement son courrier.

Mais le frémissement à peine là retombe tout aussi vite.

Pas de réponse, pas même un indice. Le jeu s'arrête donc ici : c'était la dernière adresse plausible, il a épuisé toutes les possibilités. À moins que ce ne soit pas les bonnes, à moins que la noctambule vienne d'un endroit beaucoup plus lointain.

Il n'y a plus d'arrivées depuis longtemps à l'hôtel. Il décide alors de partir en exploration dans les bars, les restaurants encore ouverts. À peine entré, il scrute avidement les gens, lesquels à cette heure-ci sont des ombres. Il ne trouve que du bruit et la lueur trouble des nuits enfiévrées. Personne ne fait attention à lui et son regard ne s'accroche à aucun visage.

Il retourne à la réception. Le carnet est là, inerte.

Qu'aurait-il dû faire d'autre ? Révéler qui lui avait écrit dessus ?

Lydia partit s'installer chez une amie, il jouit à nouveau pleinement du plaisir de s'abandonner à ses lectures, de vagabonder dans des pensées aussi évanescentes qu'incohérentes.

Alors qu'il a repris son service depuis trois heures maintenant, une fatigue inhabituelle l'amollit et ses paupières se ferment un instant.

C'est le crépitement intense de la pluie qui le fait sursauter. Il a encore basculé dans le sommeil sans s'en rendre compte. Il s'ébroue, s'étire, se rajuste, sans se débarrasser tout à fait de l'engourdissement qui enveloppe ses membres. Alors, encore vacillant, il se dirige dehors. Dans cet état un peu chiffonné, son esprit vagabonde sur le mystère du carnet quand il entend des pas précipités venant du trottoir d'en face. Une femme détrempée, les vêtements plaqués contre son corps, court jusqu'à un abri de fortune. L'éclairage public confère une réalité crue aux contours de son corps. Il ne voit pas grand-chose de son visage, en partie dissimulé par des mèches noires ruisselantes et ondulées rappelant des algues. Elle est penchée sur quelque chose qu'elle tient dans la main ; Stan finit par comprendre : un lecteur de MP3. Elle reste un moment dans cette posture, le visage derrière le rideau de ses cheveux, et, comme pour ne pas effrayer un écureuil craintif, il s'interdit le moindre mouvement.

Son visage paraît enfin. Aussitôt, son regard s'arrête sur Stan, son étonnement se dessine puis elle sourit.

Effrontément, carrément.

Une brûlure monte, lui fouette le sang.

Et voilà qu'elle vient vers lui, toujours avec ce sourire éblouissant. L'aurait-il déjà croisée ? Impossible.

Arrivée à sa hauteur, ses yeux se posent, fugaces, sur son badge et elle lui tend un objet qu'il saisit sans y prêter attention.

— Je vous le rends, il était coincé entre les feuilles de votre carnet.

Il n'a même pas le temps de bredouiller son étonnement ; déjà, elle a repris sa course sous la pluie battante. Il écoute le clapotis de ses pas s'atténuer dans cette nuit au goût de vertige et découvre au creux de sa main ce qu'elle lui a donné : le stylo de l'hôtel. Il comprend maintenant le sourire.

C'est elle qui le connaît.

Non parce qu'elle l'avait vu auparavant mais parce qu'elle l'avait lu.

Arrive une heure où le temps trempe ce qui nous entoure dans une opacité onirique. C'est ce qu'il préfère, quand tout se mélange, quand la gravité se disloque, qu'elle perd de sa rudesse, poudre noirâtre fuyant dans l'air. Lorsque les contours frémissent, que la nuit susurre son chant de ruisseau, le blanc se détache, tranchant le noir. Le visage approche. La pénombre est pleine d'une odeur de peau, suave, musquée.

Ce n'est pas qu'une question de beauté. La beauté peut être conventionnelle et froide sans susciter autre chose qu'une admiration d'usage vite éventée. Ce qui est affolant, en revanche, c'est tout le sous-texte, toute cette autre vie clandestine, souterraine, cette dualité emplie de vibrations, de folie silencieuse. Tout ce que raconte un visage sans le vouloir, sans le savoir. Et la magie vient comme ça.

Le plus frappant, c'est cette évidence.

Ce qui se lit dans ses traits dans son regard, dans ce sourire entier c'était cette sensualité brute, totale, cet appel à la passion. Il n'y avait rien de caché, de faux. Tout était apparent, affiché, limpide, éclatant. C'était un galet nu, léché par la mer, exposé avec plaisir.

Il n'a jamais rien vu d'aussi singulier : une telle désinvolture dans cet aveu de sensualité. Peut-être que personne n'en voit autant. Mais toutes ses choses lui sont apparues très nettement.

Dans la nuit vacillante, la silhouette prend toute la place. Les yeux noirs reviennent virevolter comme des hirondelles, un regard puissant capable de le fouiller de fond en comble, il revoit la bouche aussi, aux contours délicats mais c'est un leurre, il pressent que cette bouche a tout de même quelque chose de vorace, que tout son être bouillonne d'un trop plein de vie et d'érotisme. Il a senti tout ça. Il continue de le sentir. L'évidence est là.

Une évidence qui lui interdit le repos.

— T'as rien à me dire, toi ?

Du haut de son mètre quatre-vingt-cinq, Arthur mâchouille son chewing-gum. Son œil d'oiseau de proie, impitoyable, passe au scanner le visage de Stan dont l'expression ne manifeste aucune surprise.

Le rouquin impertinent produit une bulle verte qu'il crève aussitôt. Bruit de pétard par un soir festif. Stan lui décoche un sourire narquois.

— Décidément, ça circule vite, les ragots ici.

Pour tout commentaire, Arthur se contente de glousser. Ainsi, son accrochage avec cet emmerdeur de François aura fait le tour de la planète. Sur le moment, envoyer paître cet escogriffe à tronche de premier de la classe lui a paru la seule chose sensée à faire. À présent, ce sursaut de révolte le laisse songeur. Le rouquin lui sourit et Stan le croit sur le point de tourner les talons.

Cependant, il n'en fait rien. Au contraire, il s'attarde, appuie son regard perçant sur son collègue et dit :

— En fait, je parlais pas de cet abruti de chef de réception. Je parlais de tes cernes, tu dors plus ou quoi ?

Mais comme Stan ne souffle mot, il finit par dire simplement :

— Évite les heures sup, hein ?

— J'y penserais, Art.

Et selon le rituel, Arthur s'en va en le gratifiant de son clin d'œil caractéristique.

À peine lui a-t-il tourné le dos que Stan le relègue au placard et que les spots de l'hôtel se transforment en étoiles.

Bien vite, ses oreilles se bouchent et la vague rumeur est amortie, étouffée par une neige invisible et, bientôt, le film de la nuit passée se déroule à nouveau dans son esprit.

Ce soir-là, sur le toit, il n'y avait presque pas de vent.

Il est venu s'adosser contre le mur. Il ne s'en rendait pas compte à ce moment-là mais il attendait. Il attendait que quelque chose s'anime.

D'un œil distrait, il a cherché une poignée d'étoiles, une traînée de poussière nacrée pour s'ancrer dans l'instant. En vain. Une inquiétude soudaine : et si un client attendait en réception ? Si le téléphone sonnait ? L'autre jour, la directrice avait soupçonné une absence prolongée de Stan à son poste. À moins que ce ne soit une de ses fameuses tentatives de manipulation. Et François qui allait sans doute l'avoir à l'œil dorénavant…

Il s'agace. À quoi bon ces pensées stériles ? Il tenta de calfeutrer mais le poison s'était déjà répandu.

Cédant à ses craintes, il prit le parti de redescendre lorsqu'il entendit :

— J'arrive trop tard, on dirait.

Surpris, il a retenu sa respiration. A regardé de tous les côtés. Rien.

— Vous croyez qu'elle va revenir ?

C'est bien à lui que la voix s'est adressée. Encore mal assuré, il a bafouillé.

— Trop tard pour quoi ?

Quelque part, un rire fluide a cascadé.

— Pour parler à la lune.

Son cœur fit une espèce de raté. Exit sa résolution de redescendre. La pénombre ne lui livra aucun indice sur l'emplacement de son interlocutrice si bien qu'il se demandait s'il ne venait pas de perdre la raison.

— Vous êtes là ? fit la voix

— Moi oui mais vous ?

— Moi, quoi ?

— Vous êtes là ?

— Bien sûr.

— Et où ça ?

— En haut.

— Sur la lune, peut-être ?

— Plus proche. À vrai dire, je suis perchée.

— C'est un peu tôt pour ce genre de confessions.

— Pas tellement. Dans quelques heures, ce sera l'aube déjà.

Touché. Stan sourit et se mit à déambuler sur le toit à la recherche d'une ombre qui, il le savait malgré tout, n'allait pas surgir. Si les contours de sa silhouette lui échappent, il aura néanmoins celui de ses facéties. La voix a repris :

— Être perchée, c'est aussi le seul moyen pour prendre de la hauteur, non ?

— Oui ou tenter de décrocher la lune.

— Alors je n'aurais plus de foyer.

— J'aurais pensé que c'était déjà le cas. Vous vous perchez souvent ?

Le même rire franc a jailli.

— Je suis un chat de gouttière.

La nervosité l'agite. Se pourrait-il qu'il ait raison, que ce soit elle ?

— Alors vous pouvez être n'importe où.

— Exact.

Un temps.

— Contrarié ?

— Non.

— Mais ?

— C'est juste que j'aurais aimé vérifier quelque chose.

— Je croyais que les écrivains n'avaient pas besoin de concret.

Le vent se leva et ses cheveux frémirent. Il s'ébroua.

Plus de doute.

Il n'a pas plu depuis ce fameux soir mais, de toute évidence, elle a décidé de se passer de pluie pour réapparaître. Elle s'était jetée dans la gueule de la nuit et voilà que la nuit l'avait recrachée. Aussi simple que ça.

— Je plante des mots qui pourrissent sur pied, je ne suis pas écrivain.

Non, il n'y avait personne ici. La voix, ce timbre légèrement rauque aux accents toniques, venait de plus loin… ou de plus près, il n'arrivait pas le définir vraiment.

— Je l'ai cru pendant longtemps mais le masque est tombé.

— Les masques font peur.

— Ils rassurent, je trouve.

— Peut-être sur le moment et on se met à chercher la vérité, les creux, les bosses.

— Et on regrette… non, je ne suis pas écrivain, vraiment pas.

— C'est que vous l'avez oublié.

Il a renoncé à trouver sa cachette depuis un moment. S'adossa au mur. Qu'y avait-il à voir finalement ?

— Il m'arrive aussi d'oublier à cause de la couche de gris qui se dépose sur moi.

Elle est là. De l'autre côté du mur. La voix est toute proche en effet. De nouveaux frissons. Le vent, la nuit, quoi d'autre ?

— Je suis encrassé, c'est vrai.

— Trop de gris, trop de gris partout. Ça gâche tout.

Un temps.

— Mais les couleurs sont en dessous, elles existent, non ?

— Je ne sais pas.

— Si, elles sont là. Comment expliquer cette nature décalée autrement ?

La sonnerie de la réception retentit.

Une griffure sur le drap noir. Sa bulle éclate. Un taxi à commander pour un client quelconque, un fantôme sans visage. Stan s'exécute en pilote automatique.

L'interlude de l'autre nuit a laissé une empreinte, une impression de rêve éveillé, d'évidence et de points de suspension aussi. Il songe continuellement aux couleurs et quand il a voulu répondre à son tour, elle s'était, dans un froissement de tissus, évaporée et aussitôt, le rideau de velours épais est retombé. Bruit mat de la solitude retrouvée.

— Vous avez le code pour le Wifi ?

Une femme à queue de cheval émerge à la réception avec son ordinateur portable. Certains soirs, les insomniaques sont de trop. Stan lui délivre le code qu'elle tape directement sur le clavier. La cliente, prenant très au sérieux son rôle de cliente, pointe ce qui fait défaut dans l'établissement :

— La connexion est très mauvaise ici, pour un quatre étoiles, c'est vraiment limite.

— Pourquoi vous faites ça ?

— Pardon ?

— Pourquoi vous faites ça ? Je suis en train de planer à fond et vous, tout ce que vous trouvez à faire c'est me polluer avec vos questions d'intendance ? Vous ne pouvez pas me laisser en apesanteur, hors d'atteinte, m'oublier un moment ?

Non, bien sûr, ce n'est pas ce qu'il répond.

Ça, ce n'est qu'un fantasme de plus.

À la place, le robot en lui prononce la formule consacrée :

— Toutes nos excuses, Madame. Nous ferons le nécessaire rapidement.

Il se fait tas de sucre à nouveau, prêt pour la liquéfaction.

Ce qui ne lui vaut pas plus qu'un hochement de tête à peine satisfait. Tandis que la mécontente s'éloigne, il admet que la médiocrité a bien failli torpiller son nuage.

Bien vite, la cliente s'est changée en cendres, il ne reste plus rien, pas même une césure dans le cours de ses rêveries.

Oui, il est en décalage, lui le sait, d'autres commencent à le découvrir aussi.

Mais il ne s'attendait pas à ce qu'elle le perçoive aussi naturellement.

Reste à savoir le nom de sa galaxie…

Cliquetis. Reprise du ballet.

Les doigts s'échauffent sur le clavier.

Des mots collés en file indienne. Ils ne savent pas ce qu'ils attendent. Ils ne savent pas s'ils attendent. Ils sont là le nez en l'air, ils ont l'air fin. D'autres arrivent, une nouvelle livraison de mots s'éparpille. Aucun d'entre eux ne fait connaissance. Des étrangers sans âme.

Jaillit le vide.

Un clic et tout est blanc encore. Surface plane, en attente de graines qui ne viennent pas.

Cliquetis, points de suspension et néant. Pas de couleurs à l'horizon. Le dépôt de gris est coriace, une seconde peau. Il frissonne.

« Ne t'acharne pas. Ce qui ne vient pas maintenant viendra plus tard. »

Ariane a dû se tromper quelque part. Quoiqu'il en soit, sa tante ne peut plus rien pour lui ; il ne peut que s'agripper à ses conseils et entamer un dialogue intérieur. C'est tout aussi utile que de former des phrases sans poids ni trajectoire.

Alors dans accès de rage, il referme bruyamment le clapet de l'ordinateur portable. C'est fini, il n'y toucherait plus. Pas tant qu'il n'y a pas de déclic. Le bourdonnement des consommateurs revient en force.

— Ça va ?

Stan lève les yeux. Son père se tient face à lui, rigolard et bienheureux, pas rasé, habillé d'une veste et d'un pantalon en jeans. Il a l'air d'un baroudeur entre deux destinations.

— Toi, t'as l'air contrarié.

Comme toujours, rien n'échappe à la perspicacité de son père.

— C'est ta bestiole qui joue avec tes nerfs ? demande-t-il en désignant d'un signe du menton l'ordinateur posé sur la banquette à côté de Stan.

— Oui, on peut dire ça.

Sauf que ce n'est pas la seule raison.

Dans le troquet où ils ont établi leurs quartiers, l'ambiance est animée. Le fond de musique électro se lie au brouhaha des voix et des chocs d'assiettes.

Depuis le comptoir, Aniello, le patron les salue brièvement mais chaleureusement avant de s'éclipser. Les arômes de poulet au romarin et de gratins dauphinois ne tardent pas à éveiller l'appétit. Et malgré ce tableau enchanteur, la phrase reste en travers de sa tête, elle tourne et tourne.

« Ce qui fait peur ce n'est pas la chute mais l'envie de céder. »

Bon sang, quel con… La nuit, parfois, le met en état d'ébriété sans qu'il y prenne garde.

— Tu sais que c'est bon pour la Bretagne. Encore quelques petits trucs à fignoler et je m'installe.

— Ah ouais, quand ?

— J'espère en avril.

— On aurait dû commander du champagne !

— Laisse, le champagne ce sera là-bas quand tu viendras me voir.

Ils sourient, trinquent. À un moment, son père croise le regard d'une femme aux cheveux noirs, bouclés et son expression vire à l'embarras. Un instant d'hésitation et son père se lève, résolu.

— Une minute, je reviens.

Il les regarde discuter puis son père entraîne l'inconnue à l'extérieur.

Alors la phrase en profite pour jouer au boomerang et se faufiler dans ses pensées. Il revoit la bande de papier collée de l'autre côté du mur et lui en train de redescendre comme s'il venait d'accomplir un acte d'une finesse remarquable.

Maintenant, il espère de toutes ses forces que ce message stupide s'est envolé sans qu'elle le voie. Mais peut-être est-ce elle qui s'envolera avant ? Il ne sait plus quoi souhaiter.

— Excuse-moi, petite contrariété.

Son père esquisse un sourire qui meurt aussi vite.

— Je comprends pas pourquoi elles font ça.

— Ça quoi ?

— S'accrocher, quémander des explications… toutes les histoires se terminent, c'est dans l'ordre des choses.

— Dans l'ordre des choses ou quand tu le décides ?

Son père sourit.

— Ce que je veux dire, c'est qu'on se lasse. C'est comme ça.

Une pause.

— Y a rien pour empêcher cette fatalité donc ?

Les yeux clairs de son père se figent, interloqués.

— Non… à moins…

Puis son père éclate d'un rire sonore :

— À moins de revenir au Moyen-Âge où on crevait à trente-huit ans !

Par l'effet du rire communicatif, Stan rit aussi. Puis le calme revient. Les minutes ralentissent la cadence et le temps se fait élastique. Stan, absorbé, touille son café sans vraiment le voir tandis que son père avale un petit calva déposé par Aniello pour remercier les habitués.

— Pas forcément, reprend Stan, brusquement.

— Comment ça ?

Une seconde passe en trottinant.

— Et si l'astuce, c'était de ne rien commencer ? Pourquoi pas ? Pas de début, pas de fin. La spirale est cassée en mille morceaux.

Moue sceptique de son père. Il repousse son verre.

— Ya rien sans début. Pas de début, pas d'histoire surtout ! À quoi ressemble une histoire sans début ?

Stan secoue la tête, murmure comme pour lui-même.

— Je sais pas… peut-être qu'on se trompe… qu'il y a autre chose…

Sans relever, le visage son père, tout à coup, s'illumine. Alors, avec l'air triomphant de celui qui a percé le mystère de l'autre, il tend le cou vers son fils et dit sur un ton confidentiel :

— Trouve un autre sujet, pas quelque chose de prise de tête, tu comprends ?

Regards interrogateurs de Stan.

— Bon, je sais que sur les bouquins t'en connais un rayon mais choisis une histoire plus simple parce que là, c'est carrément casse-gueule.

Le jour tire lentement sa révérence, les ombres des branches décharnées dessinent leurs dentelles délicates sur le sol sablonneux du parc et les rares feuilles mortes sont poussées par le vent pour craquer ensuite sous les semelles.

Comme de coutume, ils ont fait, son père et lui, « leur virée ». Et comme de coutume, ils ont basculé dans un repli du temps dont personne n'avait la clé. Sans une parole, ils ont marché entre les ormes et les érables imposants, légers, paisibles, tout au plaisir du silence à la senteur boisée, tonifiante qui les pénétrait jusqu'aux os.

On ne s'en doute pas encore et pourtant, sous ce décor désolé, sous le crissement des pas, le printemps se tient prêt à surprendre. Quelque part, le vert est sur le chemin du retour. Vert amande, vert anglais, sombre, dense, vert tendre, à peine marqué et qui colorie les pelouses. Ne pas oublier les couleurs qui sommeillent. Du vivant sous la plaque de métal.

Stan observe son ombre se découper sur le sol.

Ceci est son portrait le plus fidèle. Voilà ce qu'il est ; quelque chose de fuyant. Un spectre. Cela lui va bien. En vérité, il fait n'importe quoi pour dévier le cours de ses pensées, pour retarder son arrivée à l'hôtel.

Mais tel que l'a dit son père, certaines choses sont tout bonnement inévitables.

« C'est pour ça que le vide est si effrayant. À cause de ce qu'il sait de nous. »

Voilà sa réponse.

Il croit humer l'effluve diffus d'une complicité.

Le morceau de papier glisse entre ses doigts.

Ses inquiétudes, ses doutes gisent, inertes, à peine esquissés finalement. Son cœur palpite et c'est tout ce qui le raccorde à la planète.

À travers une brume, il entrevoit une fois encore les grands yeux décidés, brillants calmement d'une sensualité pleine.

Il avait jeté son carnet dans la rue mais quelque chose est en train de germer.

Quoi, une folie, un rêve, une anomalie ?

Il n'en sait rien mais l'énergie se propage, prend le dessus, l'entraîne vers un vertige qu'il ne mesure pas.

Dans ces conditions, le plus sensé est de plonger.

Il raisonnerait plus tard.

Ou plus du tout.

La lune, négligemment couverte par le drapé d'un nuage de fortune, lui dévoile un sourire bienveillant mais muet. Ici, le calme s'applique contre lui à la façon d'un baume. Il goûte la fraîcheur du vent sur son visage lorsqu'un bruit l'arrache à ses pensées.

— Vous allez écrire la suite ?

Sa voix.

Les mots roulent et s'égarent dans l'air comme les perles d'un collier brisé. Il redoute brusquement ce silence et réplique :

— Je ne peux pas, je vous l'ai dit. Je ne sais plus le faire, c'est cassé. Et puis, il manque le déclic.

— Qu'est-ce qu'il faudrait comme déclic ?

Un visage. Mais il choisit d'être vague même si la nuit lui aurait permis cet écart. Elle dit que rien n'est vraiment cassé, que parfois, il y a ce qu'on croit, ce que l'on voit et qu'entre les deux, il existe tout un monde parallèle inexploré.

— Il doit rester un fond, un fond de vous.

— Trop loin.

— Ce que j'ai lu n'a pas l'air loin.

— C'est une fiction. Enfin… en partie.

— Avec des morceaux de vous dedans. Ces mots sont les vôtres.

— J'ai l'impression que c'est un autre qui les a tracés pour moi. Quand j'écris, je me dédouble, je m'éparpille.

— Quand je joue, je me dédouble, je me disperse. Pourtant, c'est toujours moi sur scène. C'est moi de toute façon avec ou sans facettes.

Un silence.

— Comédienne ?

— Quand ça m'arrive.

Elle a un rire mutin puis :

— Mais dans la vraie vie, je ne suis plus que serveuse.

— Il n'y a pas grand-chose de vrai dans la vie de toute façon. On avance tous grimés.

— Même vous ? Le masque est tombé pourtant.

Il a une seconde de trouble.

— Exact. Du coup, je fais peur aux gens. Je m'en fous, ce qui importe c'est la dose de beauté. Il faut en trouver une nouvelle chaque jour. Et ensuite, je me l'injecte.

— Et puis ?

— Et puis je m'abandonne. Complètement.

— Oui. Autrement, ça n'aurait pas de sens, il faut que ce soit entier.

Il n'ose pas, au début, puis la nuit compacte, cette alliée précieuse, finit par étouffer ses ultimes sursauts de retenue alors il demande :

— Pour moi, vous êtes la fille de la pluie. Mais votre nom, c'est quoi ?

Il lui semble qu'il n'y a soudain plus un seul bruit, plus un seul souffle, que le vent s'est tu dans l'attente d'une respiration.

— C'est bien, la fille de la pluie, j'aime. Autrement, Sidney ou Seed avec deux « e » comme la mauvaise graine.

Seed… Sidney… Il laisse le mot fondre dans sa bouche, doucement, comme un caramel.

C'est maintenant qu'il n'y a plus un son. Le raffut de la circulation, le vent, les passants noctambules, tout ça, bâillonné, avalé par l'obscurité. Le décor familier s'annule. La nuit devient encore plus trouble, la lune plus blafarde, elle frémit. La couronne de lumière qui l'entoure est brouillée. Le délire s'immisce. Il a besoin d'attraper quelque chose de concret et ses mains se referment sur le rebord en ciment.

— Vous êtes à côté ?

Un petit rire de connivence.

— Nulle part. Ici, on est nulle part. C'est pour ça que vous y êtes aussi.

Il s'entend répondre, d'une voix grave et lointaine, une voix qu'il ne reconnaît pas.

— Oui, c'est pour ça que j'y suis aussi.

Ils restent un moment sans parler et les mots sont toujours là, suspendus, dans l'attente d'être prononcés, tout se prolonge encore. Il tente un regard vers le mur qui les sépare.

— Comment vous avez trouvé mon carnet ?

— Je suis tombée dessus, littéralement : j'ai trébuché.

— Et vous l'avez pris.

— Pas seulement.

— Quoi d'autre ?

— Je l'ai aimé aussi.

Un coup de vent soudain décoiffe ses boucles noires. Le silence retombe, prend de la place.

— Stan, je crois bien que vous êtes écrivain.

Un froissement léger, précipité. Il comprend qu'elle est sur le point de partir.

Partir où ? Pour quoi faire ? Elle aurait pris son envol qu'il n'en serait pas plus étonné.

La rumeur étouffée de la ville renaît maintenant. Tandis qu'il regagne la réception, l'ivresse le grignote à petits coups de dents, nets et entêtés. Toute tentative pour s'accrocher au présent ou s'absorber dans un roman est nulle. Il tangue, il chavire, boit la tasse, se noie. Un délice.

Doucement, le ciel se met à changer. Il s'habille d'un orangé incertain, traversé, çà et là de flammes roses aussi légères qu'un voile de soie.

Jamais il n'a autant regretté la venue de l'aube.

Quand il s'éveille en plein après-midi, il est désorienté. Sa nuit continue toujours. Le rêve gagne du terrain, le rêve gagne la partie. Il est en train de glisser dedans, de faire corps avec. Une chute à la renverse dans ce moelleux cotonneux.

Tant mieux si rien ne tient debout.

La seule vérité c'est cette nuit avec cette voix un peu rocailleuse par-dessus. Dans l'antre de sa nuit artificielle, il la rejoint. Le visage sourit, les yeux noirs profonds brillent puis tout s'évanouit.

Il repense au diabétique dans la confiserie. Tout est question de quantité. Ne pas tout engloutir, rêver par petits morceaux.

Elle n'est pas revenue le lendemain.

Ni le surlendemain.

Il ne l'attend pas mais il l'espérait quand même, malgré lui, malgré ce qui est cassé même s'il tangue un peu dans le labyrinthe d'un songe qui le dépasse. Et s'il l'avait inventée ? Et si son imagination allait trop loin ? Ce ne serait pas le premier personnage issu de sa cervelle. Il aimerait avoir tort là-dessus. Pour la première fois de sa vie, il attend un peu de réalité, pas trop mais juste de quoi le détromper.

Quelques jours passent encore, elle réapparaît et le hasard devient rituel.

Parfois, elle le précède. D'autres fois, ils se manquent de peu puis assez vite, ils se retrouvent entre une heure et trois heures du matin. D'une manière ou d'une autre, il bascule petit à petit dans un marécage, un terrain mouvant où l'éphémère est la valeur forte. Sidney est l'oiseau de nuit échappant aux filets des horaires, des contraintes, de l'ordre, il le sait, tout en elle le dit. Sidney appartient au vent, aux étoiles, à la nuit. On ne peut pas l'atteindre, l'enfermer, la désarçonner. C'est pourquoi la retrouver au même endroit ressemble à un coup de chance. Il a parfois le sentiment d'être dans la peau de Bill Murray, se réveillant auprès d'Andy Mcdowell, médusé mais émerveillé.

Sauf qu'il ne vit pas dans un film et que Sidney, certains soirs, est plus proche d'une abstraction fantastique que d'un être de chair et de sang.

Elle ne dit jamais au revoir, il se débrouille pour deviner son intention.

Sur son bureau, la tablette de chocolat n'a pas bougé. Il reconstitue le dialogue qui vient de très loin.

— C'est une de mes drogues. C'est à cause des cristaux de sel dedans, quand ils craquent sous la dent… un régal. Je mets du sel partout. Même dans les mousses au chocolat et les gâteaux.

— Pour quoi faire ?

Elle rit.

— Parce que c'est meilleur, c'est toujours meilleur avec du sel, même si on dit que c'est mauvais pour la santé.

À présent, il fixe, d'un œil suspicieux, la tablette de chocolat. En travers, il est écrit : *Chocolat noir intense à la fleur de sel.* Mais il y a aussi une autre inscription, aux lettres rondes, beaucoup plus équivoque : *« Se croque très doucement. »* Cette ombre d'ambigu chancelante, si fragile qu'il doute de son existence, si fragile que tout finit par s'embuer dans son cerveau pour mieux le désarçonner.

D'un geste décidé, il saisit un carré de chocolat et s'applique à le croquer dans les règles de l'art. Les cristaux de sel, mêlés au fondant du chocolat, éclatent sous ses dents en de micro-pétillements. Est-ce que la peau de Seed a le même goût ? Sûrement, forcément. Peu importe la vérité, d'ailleurs ce qui compte c'est qu'à présent, elle a une saveur qui lui est propre. Ce goût sera le sien. Sidney commence à se matérialiser à ses côtés. Elle a un goût. Il faudrait bientôt qu'elle ait une odeur, une manière de respirer.

Il tapote le bureau avec le bout pointu de l'emballage, l'unique preuve concrète qu'il ne devient pas complètement dingue. Plus tard, avant de s'enfouir sous les couvertures, il range le tout dans la table de chevet. Puéril mais il est le seul à le savoir ; c'est son secret. Un secret qui s'épaissit, qui ne sera pas partagé.

Alors qu'il tente de s'ancrer dans l'action, de s'accrocher aux formules sous vide, vingt fois, cent fois rabâchées, de tendre l'oreille à ce que racontent sa sœur, sa grand-mère, sa mère tandis qu'ils sont rassemblés dans le minuscule salon, il en a la certitude, rien ne va transpirer. Et puis, raconter quoi au juste, sous quel angle, à qui ?

Il tente à nouveau et sans conviction de s'intéresser aux échanges mais ce ne sont pas des dialogues, c'est une bousculade de mots qui se marchent dessus, piétinant sans merci les points finaux, enjambant les virgules et tandis que tout ça se presse, se dépêche, Sidney opère une brutale incursion dans son cerveau :

— Pourquoi faut-il que tout soit fade et tiède si facilement ? J'aime tellement ce qui vibre, ce qui me chahute, ce qui me décoiffe. La vie se met enfin à avoir de la saveur. Tout devient plein, très beau, de cette beauté déchirante sur le point de partir en fumée et c'est parfait, pour une minute, c'est parfait. Équilibré. Parfois, ça tient à rien. Un coup de cœur, une chanson dont le rythme et les mots m'électrisent, un ciel d'orage, une scène intimiste entre deux amants qui se disent au revoir à l'aéroport, revoir *Lost in translation* pour la millième fois…

Il s'est mordu la lèvre, ce n'est pas possible, ça ne tient pas debout.

— Raconte l'entrée sur scène.

— Encore ?

— Encore.

— D'abord, la sensation d'exploser sur place, ça monte, ça monte, ça monte toujours plus, tu crois que tu vas craquer, que ton cœur va saigner mais ça monte encore jusqu'à la seconde où je sors des coulisses pour jouer, là, c'est comme sauter dans le vide, de l'adrénaline à l'état pur, je tremble de partout mais d'énergie, d'électricité, de plaisir pendant qu'un raz de marée de bien-être me submerge.

Silence abrupt.

— Stan, t'es parti ?

— Dis-moi que t'es pas un mirage.

Éclat de rire.

— Je suis une morte qui s'ignore, je rôde sur les toits comme un chat errant en promenant mon âme au clair de lune.

— *If I ever feel better...*

Un silence. Stan retient son souffle puis, elle répond à son tour, vite, les paroles s'enchaînent, spontanées. Elle rit, se tait presque aussitôt.

Le silence réapparaît.

— Seed, tu trembles ?

— Oui.

Il a écouté sa respiration s'emballer un peu et c'est ce soir-là que sa fausse tranquillité a volé en éclats et que son cœur a fait un saut périlleux. Il y a tellement de choses qu'elle ne dit pas, les soupirs, les murmures, les sous-titres codés qu'il est difficile de ne rien imaginer, bien impossible d'être sûr de ne pas rêver.

Certains soirs, la frontière entre l'imaginaire et le réel s'atténue, meurt parfois, tout est net, quasiment affirmé mais certains soirs seulement, les mots se font alors tactiles, vibrants, magnétiques, des caresses précédant la promesse des nuits d'amour.

Le lendemain, tout revient à zéro. Des nuits s'enchaînent entre elles, arrachées au terreau de la continuité. Camarades de galère, amateurs de beautés nocturnes, compagnons de route, les sous-textes ensevelis, morts, tout est à nouveau simple, dénué de complexité. Ils reprennent leur rôle de passants. Son désir est sur un escalier, il monte avec constance, précaution et soudain, fait une pause à un palier de crainte de brûler des étapes.

Combien de temps encore ? Ça semble infini et fragile à la fois.

Des exclamations percent sa bulle.

— Et sinon, Lydia, c'est pour quand, les enfants ? Moi, à ton âge, j'avais déjà vous deux…

— Je ne cherche pas spécialement à t'imiter, en fait.

— Ça, elle a raison, Muriel. C'est quand même pas une fin en soi, les gosses.

— Ça craint, elle a quatre-vingt-dix ans et elle est plus moderne que toi !

— Moderne ? Je vois pas ce qu'il y a de moderne à ne pas vouloir d'enfants.

— Ça fait pas très libéré, c'est tout.

— Mais libéré de quoi ? C'est pas une prison. À force de vouloir à tout prix libérer la femme, on en a fait une putain. Tout le contraire de la liberté !

— L'un n'empêche pas l'autre, maman. T'as pas le sens de l'ambivalence.

— Oh, Lydia, c'est n'importe quoi…

— Dis donc, Muriel, je ne savais pas que tu étais réac.

— Je ne suis pas réac, maman comme tu dis, je suis structurée.

— Coincée, même, on pourrait dire.

Les trois femmes de trois générations différentes se chamaillent. Il regarde Lydia manipuler pensivement son briquet avec l'air de la fille qui n'est plus là, qui se trouve exclusivement avec son objet dans un autre univers et alors voilà qu'elle devient la gamine adorable, un peu comique, un peu effrontée qu'elle était, que Stan comprenait et qui riait si volontiers à ses blagues.

Il la considère mais il n'a pas la réponse à sa question, de quand date la première éraflure, la première lézarde, le premier signe de déviance, le premier marqueur qui avait déterminé leur mésentente.

Le temps piétine, le temps traîne des pieds dans l'appartement exigu de leur grand-mère. Ce sont les mêmes histoires qui reviennent, les mêmes remarques, il entend le tic-tac de l'horloge, fraîchement astiquée, égrenant des secondes rigides, interminables, au milieu des biscuits secs, des gâteaux rassis et des odeurs de thé, de café refroidi. Tous les quatre barbotent dans ce décor de fin de vie, semblables à des étrangers, réunis par hasard autour de la même table dans un café bondé.

« Tout ceci me donnait un peu envie de mourir mais je me contins. » Il n'aurait pas dit mieux que Houellebecq. Ce qu'il y a d'irremplaçable chez les bons écrivains, c'est leur don pour tomber juste, leur singularité à frapper fort juste avec une phrase bien affûtée. Car, il existe toujours un mot, une remarque, quelque part pour lui faire écho et l'éclairer sur une manière de vivre et de penser. À l'heure où les super héros connaissent un regain de célébrité, lui avait trouvé les siens depuis longtemps et ne les quittait plus. Chaque auteur a son propre pouvoir. Il aime tout autant la nonchalance exquise d'Oscar Wilde, la poésie à fleur de peau de Modiano, l'acidité lucide de Houellebecq, la gouaille de Boudard, la langue fleurie et vive de Cavanna, le verbe bouillonnant et riche de Roth, la langue minimaliste, non moins éclatante de beauté d'Hemingway. Pour lui, la meilleure et la plus saine des religions est dans les livres.

La déferlante de mots a cessé, maintenant. Il ne reste plus que les fleurs en train de sécher, asphyxiées dans leur vase funéraire, comme si à force de faire semblant les objets s'usaient d'eux-mêmes, fatigués, gâtés par les gestes de cette sempiternelle mascarade rejouée à l'infini. Il participe lui aussi néanmoins, de loin, à moitié ailleurs, en prenant soin de ménager quelques mois entre chaque rencontre pour éviter d'avoir des comptes à rendre. Au bout d'un moment tout de même, leur mère se lève, signifiant la fin de la visite.

— Quoi, vous partez déjà ?

Georgette s'insurge.

Stan se demande si, en plus d'avoir perdu le sens commun, sa grand-mère a perdu la notion du temps.

— Comme toujours, vous êtes pressés, pressés de quoi alors ça, on ne sait pas bien… mais vous avez tous le feu aux fesses. Après quoi vous courez ?

C'est son leitmotiv, faut dire que personne ne répondait franchement, il aurait fallu du temps et plus personne n'en avait. On court pour s'aveugler, pour se précipiter dans le néant, pour finir les choses avant de les commencer, aussi pour s'abîmer plus vite en pourchassant les minutes qui courent toujours plus vite que nous. Georgette ne s'aperçoit plus de tout ça, elle est arrivée à la fin du chapitre, là où les souvenirs s'effritent, petits grains de sable filant entre les doigts tandis que l'horizon n'est plus qu'une fin guettée, désirée avec toute l'ardeur qui lui reste. Pas de prolongation cependant, même si leur mère promet de revenir bientôt. Chacun regagne sa voiture, emprunte ses couloirs.

Après quoi vous courez ? Lui le sait mais il n'y a rien à expliquer.

— Stan, t'es là ?

— Oui.

— Tu m'attendais ?

— Depuis longtemps… depuis des années.

Son rire coule de source. Il s'autorise parfois ce genre de petits écarts de conduite. Par petites touches discrètes, il ne risque pas de saboter l'équilibre.

— C'était comment aujourd'hui ?

— Oublié. Toi ?

— Nul.

— Un partout.

— Bon, au moins, il y avait du monde.

— Au théâtre ?

— Non, au resto. Plus il y a de monde à servir et moins je pense. Ça repose.

— C'est plutôt ça qui repose, ici.

— C'était avant que tu arrives ! C'était ma cachette.

— Sûrement pas, j'habite ici depuis des années.

— Et moi des siècles, des siècles que je viens ici après le service pour avoir un moment de calme avant le sommeil.

— T'es où ?

— Sur l'immeuble d'à côté, derrière le mur, tu sais bien.

— C'est là que tu habites ?

Silence. Trop direct, il s'y attendait. Mais elle enchaîne déjà :

— Hier, j'ai fait une scène sur scène.

— Ça consiste en quoi ?

— À forcer les barrages. Une répétition à laquelle je n'étais pas conviée a eu lieu dans mon dos alors j'ai fait une entrée fracassante en disant bien haut :

« Désolée du retard ! Nadège, merci d'avoir fait patienter Mathieu, je prends le relais. » Ce salaud de metteur en scène a donné un rôle qu'il m'avait promis ; je peux te dire que j'ai foutu un beau bordel, la scène dans la scène !

— T'as eu le rôle alors !

— Oui mais pas celui qui me revenait : celui de l'hystérique.

— Ah, ça reste quelque chose d'exploitable.

— En littérature peut-être. J'ai une tendance à aggraver mon cas, il y a cette part de moi qui jubile à toucher le fond.

— Je peux l'écrire ?

Son rire de gorge retentit dans la nuit.

— Si tu veux. Au fait, je me demandais… le trou dans ton roman c'est quoi ?

— Ce n'est pas un roman, c'est le contenu d'un mixer que j'ai renversé.

— Arrête.

— J'ai arrêté. Je n'ai pas écrit une ligne depuis des semaines, non, des mois, non, plus…

Il s'arrête, reprend.

— Le trou c'est le grand vide, c'est quand je suis parti en vrille.

Une pause.

— L'alcool au volant, l'hôpital, le blanc… après tout ça, il me fallait du neutre, du noir, beaucoup de silence. Entre-temps, l'histoire inachevée est tombée aux oubliettes jusqu'à ce que je retombe dessus.

— Je l'aime bien, le Stan du cahier. Il est toujours là, tu sais.

— Là ?

— Oui, en ce moment, avec nous.

Elle hausse les épaules, il suppose. Il fredonne un air.

— C'est quoi ? Chante encore.

Il s'exécute, ravi. Il la connaît par cœur.

Personne ne le sait mais cette chanson a été écrite pour lui, une seconde peau. Alors qu'il achève le premier couplet, le silence retombe.

— C'est une chanson de générique de fin, dit-il.

— Déjà ?

— Faut bien.

— Pourquoi ? Pour qui ?

— Il le faut, c'est tout.

— Et tu fais toujours ce qu'il faut ? Qu'est-ce que t'en fais du plaisir ?

— Faut bien faire les choses bien.

— Oula…

— Quoi ?

— Ça devient trop gris pour moi. Parce que les mots ont une couleur. Et les tiens, de mots, ils sont souvent gris.

— Le gris peut être très beau et inattendu parfois.

— Comme le gris de l'orage.

— Il faisait très sombre le jour où tu t'es précipitée pour t'abriter.

Silence.

— *« Dejé callar mis sentidos después... después del silencio impuesto por ley.* »

— Traduis-moi.

— Ça ne se traduit pas, ça se ressent. À demain, Stan.

Il n'y a plus de demain ; il n'y a que l'attente. Ces incertitudes ont un goût de promesse mal définie, faite de projections vagues, appelant à toujours plus, qui persistent pourtant, résistent à mesure que les minutes tombent en poussière. Il ne peut plus monter sans cette idée en arrière-fond qu'elle est peut-être déjà là ou qu'elle va arriver, qu'elle va le faire entrer dans un univers totalement méconnu, émaillé de coups de gueule, de coups de théâtre. D'autres fois, il le sait même avant d'arriver : elle est là, il ressent ce calme en trompe-l'œil, cette tension diffuse concentrée dans l'air, soudain, ce n'est plus pareil, ça ne tient à presque rien, à un souffle, c'est plume, lent, léger.

Plus de repère. Il marche sur un fil. En bas, le vertige. Avancer très lentement. Et si vient la chute qu'elle soit lente mais dans l'intervalle progresser la tête vide, croquer les silences, caresser l'attente, trembler un peu, désirer beaucoup et puis s'arracher au moment, la tête ivre.

Ainsi, les nuits s'enchaînent, les semaines s'effacent, tombent en lambeaux, instaurant dans leur sillage leurs rituels. À tâtons, par petites touches impressionnistes, leur duo se dessine, sans contour, sans pesanteur, un équilibre fragile, rien n'est joué, rien n'est encore moins écrit, tout reste à faire, à défaire.

Elle a le mal de la scène. Elle dit qu'elle est une sorte de marin ; une fois à terre, ils sont tout proches de trébucher, on n'en parle jamais mais le mal de terre existe, elle le ressent et les marins aussi. Elle a ri, elle a essayé d'emballer ses mots trop vivement évacués dans une poche satinée. La dernière fois, il a repéré cet accent un peu brisé dans la voix, cette fissure ténue que, jusqu'ici, il n'avait fait qu'effleurer sans même la reconnaître comme telle, le doute persiste alors, suspendu. Il navigue dans un monde nouveau, dénué de questions et d'obligation, de politesse et d'ordre prédéfini. Ici, tout est plume, la gravité a disparu, les mystères, par milliers, se développent.

Un soir pourtant, un voile de mystère se dissipe.

Il reçoit dans son casier les paroles d'une chanson espagnole accompagnée d'un mot en bas de page :

PS : C'est une langue d'emprunt ; j'ai seulement appris les paroles pour les exigences d'un rôle. S.

Il replie le papier qu'il remise dans la poche de son jean et, aussitôt, tape le nom de la chanson dans le moteur de recherche. Elle apparaît, il clique dessus. C'est lent, suave, sensuel avec, en arrière-goût, une note de regret mélancolique et résignée qui s'attarde sur le bout de la langue. Il la repasse encore une fois, puis une autre.

Cette fois, la mélodie laisse une traînée parfumée dans son sillage et quelque chose s'abolit par la suite.

Sans crier gare, Sidney s'est mise à le prévenir quand elle risquait de ne pas venir, semant des Post-it sur la porte du local ou directement dans son casier à la réception. Ou simplement pour lui souhaiter une « douce nuit » ce qui revenait à lui faire comprendre qu'elle ne serait pas là. Comme si c'était normal, établi et en même temps, il existe tout de même une distance due à cette parallèle qu'ils ont crochetée ensemble. Au fait, comment s'y prend-elle ? En prenant l'accès de secours de l'hôtel ? Ses collègues l'avaient déjà remarquée ? Arthur, le barman, savent-ils quelque chose ? À nouveau, il nage en eaux troubles, achoppant sur des détails qu'il n'essaie pourtant pas d'élucider.

La première fois, ses nouveautés l'avaient dérouté mais il les a acceptées. Il suit le code.

Parfois, elle file directement après son service ou alors elle a un texte à apprendre ou encore sort avec des gens. Elle dit beaucoup les « gens », estimant qu'elle n'a ni amis ni amants, c'est le terme qui convient le mieux. Bien sûr, quelques « commerciaux » rôdent parfois dans le paysage. Elle s'explique : ceux dont la mission est de vendre plus ou moins habilement leur produit phare en l'occurrence, leur queue. Acceptation clinique des règles de la plus antique des attractions. « Avant », elle en tirait du plaisir, une certaine ivresse narcissique même toute futile et fugace que ce fut. Maintenant… maintenant, c'est comme chasser les mouches, c'est un autre jeu car pour Sidney tout est affaire de jeu.

Bref, ce mélange, ces rencontres brèves d'ombres entre deux croisements, s'appelle les gens. Cette masse trouble, il l'imagine comme une immense bouillabaisse dans laquelle trempent des formes indistinctes. Elle ne dit pas ça pour entretenir le flou déjà établi entre eux mais parce que cela correspond à sa réalité des choses, elle est entraînée dans un tourbillon, des figures s'estompent, d'autres les remplacent. C'est un manège, ce qui explique pourquoi elle tourne en rond aussi souvent. Ils s'amusent de cette vérité ensemble mais il comprend aussi que les parts d'ombre de Sidney se multiplient encore un peu plus, que son visage, comme le jour de l'orage, est toujours à demi tourné vers un horizon opaque. Ils font tout comme si, sauf que ça ne l'est pas, sauf que l'aube donne son coup de torchon final et que le jour remet les compteurs à zéro.

Tout ne se désintègre pas totalement. Une fragilité, timide mais persistante, perce derrière les syllabes, les intonations, ébrèche les silences rendus graves.

En dedans, l'entaille souterraine est là, une amertume lui pique le bout de la langue. Il n'en jurerait pas cependant, car baignant dans le clair-obscur où ils se trouvent, la certitude est un luxe hors de portée.

Mais il se laisse emporter par le flot de ses paroles. Après tout, il n'aspire à rien d'autre qu'à cette récréation. Sa voix sur la nuit. Son souffle embrassant l'air, les étoiles. Alors qu'ils devisent presque à mi-voix, une ivresse alanguie brouille leurs mots, ralentit leur phrasé, entrecoupe la pensée.

— J'ai cette tendance à descendre, à couler. Je crois que c'est pour ça que ton bouquin m'a parlé.

— C'est comme être ici. On vient tous les soirs c'est presque un aveu. Une manière de déclarer tout bas notre amour du vertige, notre élan inné à jouer avec les limites.

Un silence. Au loin, un crissement de pneus puis le ballet feutré de rares voitures. L'instant serpente entre deux mondes.

— Hum… jouer avec les limites… Quand est-ce que tu te remets à écrire, Stan ? Ça fait trop longtemps… reviens…

Sa voix est charnelle, son corps un délire, ses caresses, électriques. Poser son visage sur son ventre, respirer sa chaleur, cueillir la moiteur, emmêler ses doigts aux siens, sa respiration à la sienne, être animés, transpercés du même délire, plonger dedans, la tête vide et s'aimer, s'aimer avec l'avidité du goinfre.

— J'ai envie de regarder ton visage… ton corps aussi.

— Juste regarder ?

— Pour commencer.

Son rire mutin derrière la cloison.

— Tu reviens… c'est bien.

— Quand est-ce qu'on se reverra ?

— À quoi bon ?

Temps. Elle reprend :

— Je vais aller danser les prochains soirs.

— Où ça ?

— Partout où il y a de la musique. Je dois sortir de moi.

Il revoit cette nuit où la tentation était devenue trop dense pour être simplement repoussée d'une pichenette.

Alors, juste sur cette phrase, l'envie lui a pris de la rejoindre. Il s'était perdu dans les remous, juste pour marcher sur ses pas, pour le plaisir de faire un truc un peu romanesque, hors des rails.

Quels noms de boîtes de nuit déjà ? Deux ou trois lui sont revenus. Il s'immergea dans le bruit. Moins pour la trouver que pour s'emparer d'un fragment de son monde à elle. Dans ces endroits saturés de musique et de corps, il chavira. Il aimerait la regarder danser, en catimini, il aimerait regarder son corps se tordre sous les ondes musicales, elle lui communiquerait sa chaleur, une façon de partager autre chose que des mots, ils partageraient un peu d'électricité et de fièvre. Comment danserait-elle ? Quel goût sur sa peau quand la transe la prenait ? Au cœur de cette jungle affolée, traversée par une excitation sans fondation, il se fond dans les jets de lumière, jaugeant les corps frétiller dans des mouvements désordonnés, brutaux. Il a aimé ce genre de frénésie étudiée, il faisait partie de ses gens fuyant la rigidité des routes tracées. Le voilà maintenant ici pour capter une parcelle aussi dérisoire soit-elle de vérité. Un morceau de rêve qui n'est pas totalement inventé. Il aurait pu commander un martini blanc, un alcool qui lui rappelait le premier rôle féminin dans cette pièce roumaine dont il a oublié le nom. Ainsi, il aurait pu dire : « Jusque dans le vin que je buvais, je te cherchais. »

Mais il n'a pas la prétention de singer le Chéri de Colette. D'ailleurs, aux yeux de Sidney, Chéri n'est qu'un piètre amant : il n'aime pas Léa ; il aime les caprices et d'ailleurs, cette fin amère, en eau de boudin, la conforte dans sa position. Elle lui préfère le valeureux chevalier chrétien Guillaume, prêt à sauver son amante de Qalaat captive du camp ennemi ou encore Monsieur de Nemours, brûlant de désir pour Madame de Clèves.

Dans ce débridement d'histoires, d'éclairage trouble et de musique déchaînée, son imagination prend le contrôle.

La marée s'écarte un peu, comme une brèche, révélant son visage halluciné, pris dans une transe dont il est impossible de définir la portée. Les yeux fermés, la bouche légèrement entrouverte, parfois un peu mordillée, elle s'agite, sa poitrine frémit, ses mains glissent sur son corps dans une fluidité suggestive. Le rythme la pénètre, l'enserre, elle crie, divague, frissonne, se renverse dans un regard extatique, ses cheveux ondulés collant à son visage, la sueur dégageant des effluves musqués, envoûtants. Elle cesse d'être terrestre pour se muer en ondes, en musique. Mais il ne s'y méprend pas : ce flot incontrôlable de visions est la projection de ses illusions ; Sidney lui demeure insaisissable.

Il n'est pas monté sur le toit depuis trois jours.

Non par calcul mais pour s'éprouver lui-même. Il veut savoir quelle saveur ont les nuits sans Sidney ; maintenant, il le sait, un goût de cellophane, les secondes au lieu de s'égrener, se traînent, molles et fatiguées, s'agglutinent en une file indienne poussive.

Mauvais calcul : pas d'apparition. Elle n'est pas pressée que leur jeu tacitement consenti prenne fin. Et puis, il la soupçonne d'avoir deviné ses manœuvres. Elle devait avoir un radar, des antennes qui lui disaient quand apparaître, quand se faire attendre, quand se tenir muette. Elle doit avoir un moyen de sentir toutes ces finesses.

Il ne faut rien précipiter au risque de tout fracasser par terre. Si la règle n'est pas affirmée, elle se dessine en filigrane. Rien n'est affirmé d'ailleurs, tout doit se deviner ou se perdre dans l'écume. Ceci le renvoie à une photo qu'elle avait prise. En cette époque soumise au martèlement des affirmations, les mots s'imposent, s'exhibent : les étendards de la communication salade : on balance plein de mots, on agite le tout et c'est prêt ! Il faut des mots partout, pour tout et n'importe quoi, sur tout et n'importe qui.

Tout est clair, affiché, brandi. Plus de place pour les nuances, la retenue et encore moins le suggestif. La preuve sur l'image qu'elle lui avait posée sur son bureau. Comment ? Quand ? Aucune idée. Du reste, il ne cherche plus à savoir comment des objets apparaissaient à son poste. S'il s'était montré intrigué dans les premiers temps, la surprise fait maintenant partie du jeu.

D'ailleurs, il ne recevait que des réponses évasives à ces questions trop précises, signe qu'elles n'avaient pas lieu d'être posées.

Sur le cliché imprimé, une blonde simplement vêtue d'un T-shirt long avec l'inscription : *take your time, I'm préciosa.* Tracé au feutre noir, la remarque de Sidney en dessous : « Et quoi d'autre ? Plus de détails, s'il vous plaît ! ». Suit toute une série de photos, dont les sujets arborant des T-shirts de la même trempe. Les clichés sont pris sur le vif, frontalement, en gros plan. Elle prend un malin plaisir à dépouiller de parfaits inconnus de leur intimité en pleine lumière du jour. Elle capture des expressions, des allures avec une acuité vorace, sans concession, les figeant dans une attitude. Lui se revoit zigzaguer entre les gens, armé de son carnet, guettant la seconde où les masques tombent.

Et ils finissent toujours par tomber.

La chercher mollement puis jalousement à travers des boîtes de nuit n'a rien donné. Aussi quand, après bien des tentatives ratées, il trouve enfin un message dans son casier, ses peurs irrationnelles s'évanouissent. Il la savait accaparée par une pièce de Durringer sans plus avoir d'autres nouvelles.

Maintenant, il sait à quoi s'en tenir : le projet n'aura pas lieu. La note est laconique et c'est assez pour avoir une juste mesure de sa déception. Mais voilà que cousin Charlie, ce grand môme de trente-cinq ans à la carrure de basketteur, débarque à l'hôtel, la jambe traînante et l'air affable. Stan ne s'y méprend guère ; il est dans une mauvaise passe et a besoin d'un petit coup de pouce. Son statut de truand à la petite semaine ne lui permet pas de voir à long terme. Aussi, avant même que Charlie puisse exécuter son numéro de miséreux, Stan le plante devant la réception, prétextant une urgence.

Sur le toit, il ne perçoit rien d'abord.

Puis ses pas, de l'autre côté, piétinent. Sa présence éteint ses dernières craintes. Il les entend très nettement claquer dans cette quiétude compacte qu'il finit par rompre en demandant plus de détails.

Elle prend son temps, continue à arpenter le toit. Par nervosité ? Il ne saurait le dire.

Et puis tout à coup, elle finit par lancer avec un accent railleur forcé qui couvre autre chose qu'un rire contenu :

— Dis-moi, Stan, tu vas m'écouter dérailler combien de temps ? Elles te plaisent vraiment mes histoires minables ?

— Arrête.

— Mes histoires tronquées, tuées dans l'œuf, ratées, mes accidents de parcours, mes anciens amis qui baissent les yeux en voyant que je suis toujours serveuse, mes rencontres foireuses parce que c'est ça, c'est foireux. Parfois, je crois que je bouge mais non. C'est le décor, les gens autour, pas moi. Et quand ça arrive enfin, c'est fini en un éclair. Un clin d'œil et les costumes sont remballés, la scène vide. Alors j'attends, j'espère une suite, une promesse, je rêve d'un élan. Et au final, je passe ma vie à jongler avec des assiettes. C'est au cirque que je devrais être.

Elle s'essouffle et d'un ton plus acerbe :

— Tu sais comment on appelle les gens comme moi ? Des ratés, on appelle ça des ratés.

— Arrête, merde ! Pourquoi, tu fais ça ? Te traîner dans la boue, comme ça, tout le temps… t'y prends du plaisir ?

— Je ne veux rien te cacher.

— T'es la fille dont Bukowski parle dans ses contes de la folie ordinaire. Ça s'appelle *la plus jolie fille de la ville*. Elle en a tellement marre d'être regardée qu'elle se plante une fourchette dans les yeux. Toi, c'est exactement ce que tu fais. Et c'est chiant comme pas possible !

Ses pas ont cessé. Un froissement de tissu. Il l'imagine se couler contre le mur. Le silence perdure.

— Il fallait que je te le dise…

Et d'une voix basse où perce la fatigue :

— C'est l'anniversaire de mon père ce week-end. Il y aura tout le monde : mes frères, ma sœur, mes nièces.

Il attend.

— Et… je sais plus quoi leur dire. Je ne sais plus comment m'inventer… Le problème, c'est le regard des autres, pas ce qu'on est. Ce qui te ruine c'est l'image que les autres te renvoient. Et j'ai du mal à aimer ce que je vois.

C'est la première fois qu'elle mentionne sa famille, et cette parcelle de vie, de réalité crue, à vif, balancée entre eux, lui fait un drôle d'effet. Au lieu de se perdre dans l'obscurité, Sidney prend une dimension neuve, plus complexe.

Il découvre aussi que cette fêlure diffuse chez elle n'est plus une abstraction. Maintenant, la faille grossit devant lui jusqu'à déchirer tout le reste. Il peut presque l'entendre, là, de l'autre côté, tomber en miettes alors que son cœur se comprime en même temps.

— On n'a qu'à dire qu'on est le miroir de l'autre et qu'on aime ce qu'on voit. On s'en fout du reste, ça ne compte pas.

Le silence est si profond qu'il la croie partie. Jusqu'au moment où elle finit par prononcer à mi-voix, très doucement.

— Oui… un miroir… ce serait la solution.

En bas, quelque part, un coup de klaxon claque, loin, très loin.

— Je n'ai pas honte de faire ça avec toi. La nuit, on se sent plus léger, moins exposé.

Puis, ils demeurent longuement, sans parler, baignant dans le silence épais, dos à dos, séparés par un mur de béton et plus que jamais ensemble.

— Vas-y, Stan, vaut mieux que tu y retournes.

Mais il ne peut s'y résoudre. Il devine une ombre derrière ses silences, distingue du noir derrière le rire automatique. Alors il dit, d'un ton très bas :

— Seed, tu veux rester ici ?

Comme elle ne répond pas, sans doute un peu indécise, il poursuit :

— Tu peux rester si tu veux, c'est pas un problème.

Alors, elle décline ; cependant si mollement que ce refus est l'aveu certain de ses intentions.

— Je vais te laisser une clé par terre en bas de l'ascenseur de l'hôtel.

— C'est sans risque pour toi, t'en es sûr ?

Il sourit et il est presque sûr qu'elle peut percevoir ce sourire.

— Ça ira. Ta carte sera prête dans dix minutes. Bonne nuit, Seed.

Il descend l'escalier, gagne la réception, jette un œil aux disponibilités des chambres, s'empare d'une carte magnétique. Ces gestes, il les a accomplis des centaines de fois, pourtant, ils prennent un tout autre sens ce soir. La clé enregistrée, il s'empare d'un nécessaire de nuit qu'il dépose sur le lit de la chambre. Après quoi, selon ses propres instructions, place la clé au bas de l'ascenseur et s'échappe aussitôt.

Mais à ce geste succèdent des secondes, gonflées, épaisses, qui peinent à se détacher les unes des autres. Elles s'agglutinent, forment une masse avant de s'évaporer et ainsi de suite. De l'histoire qu'il tente de lire, il ne capte que des bribes, des images naissent et crèvent aussitôt, bulles de savon se heurtant à des pieux. Enfin, une heure plus tard, une heure poussive, lourde, il retourne du côté de l'ascenseur. La carte a disparu.

Il est soulagé.

Un soulagement vite étouffé par une tension enveloppante et neuve : elle est là-haut. Non, pas son ombre ou sa voix mais elle tout entière et cette seule pensée l'apaise en même temps qu'elle fouette son sang.

Ce faisant, les heures s'immobilisent. Il lit, s'agite, arpente l'hôtel, se jette à corps perdu dans des réflexions alambiquées qui ne lui sont d'aucun secours et qu'il finit par rejeter. Les cristaux de sel gercent ses lèvres, crissent sous ses dents, pétillent sur sa langue, comment les ignorer ? Un chiffre danse, les images aussi. Dans le nécessaire de nuit, conçu pour les clients aux bagages perdus, il y a une chemise de nuit blanche, une sorte de T-shirt large à manches trois-quarts.

Il retourne s'asseoir. Une touche sur l'ordinateur et les chansons coulent des haut-parleurs. Leurs chansons. Leurs seuls biens communs.

Les images floues, parfois crues se mangent entre elles dans un mouvement doux, presque aquatique.

Il marche dans un cercle de feu sans songer à en sortir. Il est le prisonnier consentant, incendié de frissons.

Après bien des tergiversations et des lenteurs, la nuit tire sa révérence pour que l'aube reprenne sa place. C'est bleu glacier puis jaune pâle aux accents orangés et enfin les couleurs sanguines du point du jour explosent, triomphantes. Au restaurant jouxtant la réception, on s'affaire pour disposer les petits déjeuners. Mais c'est encore calme, pas de clients à l'horizon.

C'est en prenant l'ascenseur que le bourdonnement à ses tempes, tout à l'heure diffus, s'accentue. Dans moins d'un quart d'heure, Rocío, sa collègue, sera là, il faut que Sidney parte avant, qu'il redescende effacer les données de la carte dans l'ordinateur et la réservation bidon. Le cœur tressautant, il s'arrête devant la chambre, frappe doucement. Il sursaute presque quand sa voix, nette, malgré la cloison, lui répond :

— C'est toi ?

— Oui, c'est moi. Tout s'est bien passé ?

— C'était mieux que bien. La chambre est faite, tu n'auras pas à t'inquiéter. Merci en tout cas.

La carte glisse sous la porte, Stan s'en saisit. Au bout du couloir, les femmes de ménage sont apparues, poussant leur chariot avec force palabres.

Stan est toujours devant la porte, pas décidé à partir alors que trop de mots se précipitent. Les femmes de chambre se rapprochent, alors, enfin conscient du peu de temps qu'il reste, il dit :

— Seed… je suis content que tu sois restée.

Et, par crainte d'avoir franchi la limite qu'ils avaient façonnée ensemble, il s'enfuit, le sang cognant aux tempes. De l'autre côté, Sidney, les yeux clos, rendue lyrique par une nuit exaspérée de visions, appuie sa bouche contre la porte et sourit.

Ce baiser, il n'en saura jamais rien.

Le rire moqueur des mouettes le tire de sa torpeur. Le ciel d'un bleu très pâle encore hésitant se colore de zébrures d'une teinte flamant rose. Il contemple pendant un instant les lueurs pastel se décliner à l'infini. Il n'a aucune envie de repos ; c'est la proximité de cet océan toujours agité qui dynamise ses sens. Il vient d'arriver et il est là depuis toujours, il a laissé des bagages trop lourds derrière lui.

Rien de planifié, non, c'est une bifurcation inattendue ; il avait accumulé tellement de congés qu'il avait été sommé de les solder rapidement. C'était vrai en partie mais l'urgence était certainement provoquée par l'incident avec François, promptement envoyé sur les roses après lui avoir demandé une fois de plus de jouer les réparateurs. C'était la fois de trop aussi, la directrice a jugé bon de tempérer les animosités en l'expédiant en vacances.

Voilà comment du jour au lendemain il a mis cap sur la Bretagne pour rendre visite à son père, installé récemment à Plougoumelen, petite bourgade charmante du Morbihan. Il lui semble aussi que cette terre battue par les vents marins et façonnée, grignotée par le ressac permanent de l'océan, est l'endroit idéal pour se laver l'esprit.

Dans un éclair, Sidney, de là où il se trouve, se fait microscopique, soudain, plus rien ne fait sens, leurs mots, leurs rituels, les heures dans le noir, les éclats de rire au clair de lune se vident peu à peu de leur substance, les scènes morcelées jouées après une heure du matin dans un espace-temps étriqué, opaque, surnaturel, des épisodes infiltrés entre la nuit et la démence du songe, n'ont plus la même densité, il ne reste plus qu'une impression tenace de rêve inachevé, de désir coupé dans son ascension, de visions éparses, troubles sans cohérence, jetées, éparpillées par la main d'une créature inventée.

Alors qu'il court le long du rivage, il écoute le grondement puissant de la force marine, l'écume bouillonne en une mousse riche d'un blanc rendu aveuglant sous la luminosité d'un soleil contrarié par le bataillon de nuages, prêts à se changer en pluie à tout moment. Le flux et le reflux opèrent leur magie hypnotique, le carcan du temps éclate, les vagues bleutées aux reflets d'argent forment une forteresse, leur respiration endort ses crises, ses révoltes, ses déceptions. Tout est emporté, noyé, lesté tout au fond.

Bientôt, le soleil, lassé de la bataille, abandonne la partie, laissant la place à la bruine, le vent se lève aussi, faisant tanguer les rares navires et les albatros, déviés dans leur trajectoire.

Il s'imagine déserter, il se voit en train d'annuler son retour, de reléguer son quotidien au placard, ça paraît simple, évident, à portée de main… dingue comme l'instinct de fuite lui colle à la peau.

Ici, tout est équilibré, sans jeu, cette simplicité brute le rassure ; il se sentait dériver doucement, il était en train de se perdre, pas complètement, pas tout à fait mais il connaît la suite, du moins, il en a une idée assez précise. Il sait comment créer, inventer des vies, des situations, tout devient possible sur une feuille de papier, n'importe quelle folie, en dépit de certaines règles qu'il s'impose mais tenter quelques pas de tango, jouer, danser lui échappe, la fantaisie mélangée au concret lui fait défaut.

Il court encore un peu, s'arrête une fois arrivé à la jetée. Une silhouette replète mais toutefois amincie le salue. Il accourt par petites foulées.

Son père, en imperméable bleu marine, l'attire contre lui dans un rire joyeux.

Le rire où il retrouve la fraîcheur et la joie de vivre de sa tante Ariane. Ses yeux clairs pétillants rehaussent des traits fatigués, taillés par les rides. Mais sa poigne et son maintien lui donnent, dans cet accoutrement, l'allure d'un marin rompu aux tourments de haute mer.

— T'as vu cet océan terrible ! Autre chose que la Méditerranée, hein ?

Quelques kilomètres plus loin, ils s'arrêtent devant une bâtisse typiquement bretonne. Façade blanche, fenêtres encadrées de granit gris, toit d'ardoises.

L'intérieur est spacieux, baigné par la lumière du jour. La cuisine dans les tons sable et chaleureux est désormais ouverte sur le salon, quant à lui, réchauffé de teintes plus soutenues. Le canapé beige semble un appel au délassement faisant face à une cheminée idéale pour les hivers humides. Il se dégage de cet ensemble un sentiment de douceur alanguie, de jours fluides, lents et pleins tels qu'il y en a dans les romans du dix-septième siècle. Voilà donc ce qu'était devenue la bicoque achetée pour une bouchée de pain à une Anglaise nonagénaire, partie à Guernesey en maison de retraite.

Se tournant, vers son père :

— Beau boulot.

Son visage dodu aux yeux malicieux s'éclaire.

— J'ai pas fait ça tout seul, tu t'en doutes. Je parle de la déco.

Mais juste avant que Stan s'enquière des détails, il s'empresse d'ajouter, sur le chemin de la cuisine :

— Enfin, c'est de l'histoire ancienne mais la déco me plaît toujours alors je garde.

Stan comprend alors qu'il y aura sans doute d'autres « décoratrices » à venir. Il flotte une odeur citronnée mêlée à une senteur beurrée qu'il n'identifie pas tout de suite.

Son père dispose des verres, une bouteille de cidre doux et un kouign-amann d'une taille démentielle, fraîchement sorti du four, expliquant l'odeur alléchante. Souriants, ils trinquent. Ils échangent peu de mots, appréciant les minutes qui roulent sans chiffonner leur tranquillité. Puis, ils s'acheminent dans le salon.

— Ça va, en ce moment ? T'as l'air en forme, remarque son père.

Stan ne cache pas sa surprise.

— Carrément ? Ça fait combien de temps que tu ne m'as pas dit ça ?

Son père émet son rire légendaire.

— Jamais, je te l'ai jamais dit, t'as toujours eu une mine de déterré, mon poulet !

Ils s'esclaffent de bon cœur. Rien n'est plus rafraîchissant qu'une bonne rasade de franchise autour de gourmandises celtes.

Stan boit une gorgée de cidre. Les bulles s'écrasent contre son palais. Ils ne se disent rien pendant un instant, c'est reposant, chacun appréciant pleinement la densité cotonneuse de cette quiétude qui ne peut exister qu'entre personnes d'une même nature. Son père s'empare d'un morceau de gâteau qu'il déchiquette avec un plaisir évident. Puis, il dit que les voisins sont très serviables, que le climat est fidèle à sa légende mais qu'on arrive très bien à vivre avec le crachin puisqu'on a la chance de côtoyer l'océan Atlantique et ses colères formidables.

— C'est bien que tu sois là.

Stan sourit.

Ils trinquent à nouveau.

Demain, ils iront faire un tour en bateau, visiter les Îles, Houat, Bréhat, l'île aux Moines ou tout simplement flâner le long de la côte, respirer la senteur des pins, admirer l'impétuosité de l'océan, écouter le ricanement des mouettes et des goélands, taches de blanc furtives sur le ciel souvent contrarié.

Ils ont le temps.

Le ciel, bleu clair tout à l'heure, vire soudain au bleu ardoise, signe annonciateur d'une pluie battante ; il aurait dû se promener plus tôt, avancer plus vite, tant pis. Tandis qu'il remonte le sentier sur la colline tombant à pic dans l'océan d'un gris plombé, ridé par les vents salés, il distingue une silhouette en contrebas.

S'arrête. La silhouette a disparu. Il reprend sa marche, entend l'aboiement lointain d'un chien, le vent siffle, les ajoncs, les genets se courbent dans l'attente de l'averse.

Alors qu'il pensait avoir atteint l'arrivée, il ne reconnaît plus rien, se retourne, jette des regards éperdus de tous côtés.

Il fait marche arrière mais il s'enfonce davantage dans une zone inconnue, il poursuit mais le chemin se termine par un précipice. En bas, l'océan est un monstre déchaîné, affamé, croquant à pleines dents les rochers sombres et glissants.

Demi-tour. La pluie ne sévit pas encore mais tout s'agite autour de lui, la terre semble parcourue d'une rage qu'elle est sur le point de relâcher, il avance encore, abruti par la fatigue, tâtonnant sous un ciel capable de craquer à tout moment mais le sentier paraît soudain sans fin, c'est comme marcher à l'intérieur d'une spirale, puis ébranlé par un spasme d'épuisement, tandis que le vent siffle toujours, il cède à l'épuisement, s'adossant à un arbre.

— Stan, t'es perdu ?

Il plisse les yeux tout en sachant qu'il ne la verra pas.

— Je cherche une sortie.

— Moi aussi. On devrait chercher ensemble.

Silence.

— Où veux-tu aller ?

— Nulle part, juste partir.

Le mugissement marin emplit l'air, un bercement continu qui le fait chavirer.

— Partir…

Il se laisse glisser le long de l'arbre. Le vent souffle toujours pendant que le ciel s'assombrit, une silhouette se dresse face à lui.

Elle est là.

Avec son sourire et ses yeux brillants.

Son corps est moulé dans un drapé blanc soulignant le galbe de ses seins nus et le contour de ses hanches. Elle tend le bras, ouvre la paume vers le ciel, se lèche le doigt.

— La pluie est salée ici. Tu le savais ?

— Et toi ? Seed, et toi ?

— J'ai peur que la pluie s'arrête, je n'aimerais pas que la pluie s'arrête.

Un frisson le traverse, le secoue.

Il est réveillé. Dans le salon, le volet en bois bat contre la fenêtre à toute volée, poussé par le vent.

Il tente de se rendormir, y parvient au terme d'une lutte harassante quand finalement, il ouvre les yeux.

Bitch, la chanson de Meredith Brooks dont Sidney a fait son hymne personnel s'élève dans son crâne et c'est tout le reste qui se déroule.

— Dans ma tête, j'ai un juke-box. Dès que je me lève, il y a une chanson qui sort. Parfois, quand j'entends une phrase, un mot déjà présent dans des paroles, ça déclenche une chanson. Ça reste comme ça, à tourner dans ma tête, pratiquement jusqu'à ce que je m'endorme. Hier soir, c'était *Colorblind.*

On n'est jamais sûr de savoir de quoi ça parle mais c'est beau d'instinct.

— C'est une beauté qui n'a pas besoin d'avoir de sens pour exister.

— C'est ce que j'aime dans ces chansons. Quelque chose a cédé en lui.

— J'ai la même chose avec ce que je lis. Des phrases entières me reviennent sur de simples remarques que j'entends.

— Ce sont des plaisirs secrets, c'est ce qu'il y a de plus savoureux au monde.

Et maintenant, quelle chanson est en train de lui trotter dans la tête pendant qu'il peine à s'extraire du lit ? Finalement, la distance ne lui vaut rien. Elle est ici avec lui avec ou sans son consentement. Elle ne l'a pas suivi, c'est lui qui l'a embarquée dans ses valises.

Des bruits de vaisselle, de verre le détournent de ses pensées ; son père s'affaire dans la cuisine. Titubant, il se dirige vers la cuisine et une lumière violente l'éblouit. Après deux jours de crachin, le soleil a fini par s'imposer. Dans une robe de chambre d'un vert anglais, son père dépose les tasses de café. Des tartines dorées sont déjà dans les assiettes, attendant d'être beurrées. Lui a bonne mine, déjà rasé de près, fleurant la douche récente.

— Fester Addams est de retour, on dirait. T'as mal dormi ou t'as vu Lankou ?

Stan lève les yeux vers l'horloge stylisée, sans doute un vestige d'une de ses passantes comme il les nommait. Déjà dix heures.

— Non, Sidney.

Il a jeté le nom, sans réfléchir, à voix si basse qu'il était persuadé que son père n'allait pas relever mais ce dernier le contredit sans attendre :

— Qui ça ?

Pour masquer son embarras, Stan s'empare du beurre salé qu'il entreprend d'étaler sur sa tartine avec un air concentré. Même concentré sur son morceau de pain, il sent son père, pourtant silencieux, trépigner.

— Une fille que je croise de temps en temps.

— Et ?

— Et rien, on se croise et je rêve. Elle ne me demande jamais rien et j'attends rien d'elle. C'est une relation hors du commun.

Son père, à ces mots, risque un sourire dérouté. Le pauvre homme ne doit rien comprendre mais ce que Stan n'explique pas, quant à lui, c'est cet accès de confidence dès le matin alors qu'il a le cerveau encore embrumé.

Mais peut-être est-ce ce qui le désinhibe.

— C'est possible un truc pareil ?

Stan croque dans sa tartine, sourit.

— Là-haut, tout devient possible.

Son père avale une lampée de café, dodeline distraitement. Il dévisage son fils. Il n'a aucune idée de ce qu'il veut dire mais de toute évidence, il y a un changement, un changement discret mais présent.

— De toute façon, tu ne feras rien comme les autres, toi, dit son père dans un sourire espiègle. Bon, tu me raconteras tout ça plus tard, faut qu'on se grouille.

Plus tard, ils mettent cap sur Saint Gildas de Rhuys.

Alors entre les massifs de genêts au jaune solaire et les ajoncs mauves, les crêtes hérissées et les collines parées de teintes foncées, ils cheminent, souvent en silence, serpentant sur des sentiers ténus qui semblent conduire vers des terres mystérieuses, magiques, peuplées par le murmure des fées et les rires facétieux des elfes. Malgré les plaintes de son père, Stan s'arrête pour prendre quelques photos. Les images brouillées de son rêve, au lieu de se dissoudre, semblent au contraire, dans ce décor, gagner en netteté. Un détail revient, celui de ses yeux noirs et de ce corps sculptural façonné à même l'étoffe.

— Et ta sœur, elle compte passer me voir en quelle année ? demande son père alors qu'ils se sont arrêtés pour grignoter face à l'océan.

Stan répond qu'il n'en a aucune idée. Avec Lydia, on ne prévoit rien ; on s'adapte. Puis le silence se fait. Son père le regarde en coin, croque une tranche de charcuterie tandis que le vent balaye ses boucles brunes. Mais ça ne le gêne pas, ce vent impétueux qui souffle sans trêve. Au contraire, il fait partie intégrante du paysage. Ils pourraient rester des heures, bercés par l'Atlantique, décoiffés par le vent.

En se déshabillant le soir même, un bout de papier tombe.

Il le déplie :

Merci. S.

C'était après la nuit qu'elle avait passée à l'hôtel. Il avait mis du temps à atterrir ensuite. Et comme par crainte que tout se mette à bouillir trop vite, que tout se gâche entre eux, on l'avait prié de solder ses congés. À cette seconde précise, il ne sait pas si cette coupure est une chance ou une déveine mais ce qui est certain c'est qu'une nouvelle fois, les choses lui échappent, glissant dans le passé comme si elles n'avaient jamais eu lieu. Derrière eux, il y a cette main qui guette, qui les épie, qui débranche quand ils ne s'y attendent pas. Il ferait mieux de ne pas y repenser trop.

Il se met au lit, tente de s'absorber dans Némésis de Philip Roth mais l'intrigue se dérobe, noyée par le ressac de sa vie intérieure.

Mais la distance lui remet les idées en place : Sidney n'est pas un refuge ou l'ange enclin à caresser ses cicatrices sans tourner de l'œil. Non. C'est un papillon de nuit, posé là au hasard quelques secondes avant de repartir on ne sait où. C'est une pause dans l'ordinaire, une parenthèse, une étoile filante, un luxe de rêverie, il ne doit pas l'oublier. C'est rare, c'est trouble, tout peut s'évanouir entre deux soupirs ; il ne maîtrise rien.

Et puis, il y a tous les couloirs qui succèdent à leurs rencontres et dont il ignore tout parce que le climat convient ainsi, que des questions trop pressantes ne seraient que des fausses notes, tout peut se désagréger d'une seconde à l'autre. Ensemble, ils ne font que barboter dans un flou artistique consenti. Chacun se réjouit silencieusement de retrouver l'autre, l'instant est frêle. Parfois pourtant, elle a des phrases claires, brusques, pour marquer son attachement ou le souligner. Puis les mots deviennent cendres au point du jour. Il garde les poings serrés pour que la poussière ne se répande pas partout. Il aimerait pouvoir tout garder, les soupirs, les silences au goût de vertige, ses rires de gorge, entiers et infinis.

Pourquoi au juste ? Pour alimenter sa fièvre, sa boulimie de poésie mêlée de fantasme, pour se persuader que ces bouts de phrases jetés dans le noir ont une réalité ? Mais elles n'en ont aucune, des mots sans poids. Il sait bien que le temps fera son office et balayera tout. Il n'y a que ce que l'esprit a envie de garder ; les seules vérités sont les sensations du cœur.

Il finit par s'endormir tard, la liseuse en travers de la poitrine.

Le lendemain, il est déjà temps de boucler sa valise. Mais son père le rassure.

— La prochaine fois que tu viens, on ira pêcher, histoire de faire survivre les clichés !

Minuit quarante-six.

Stan peste en prenant l'ascenseur qui entame sa descente.

Eh oui, les vacances sont officiellement derrière lui. Certains clients aiment le sortir de sa tanière pour des raisons vaseuses. À croire qu'il faudrait en border certains. Pourtant, il a encore le ronflement de l'océan dans les oreilles et l'odeur du sable sur sa peau. Fou comme l'imagination fait voyager, comment l'illusion peut être tactile.

Il s'installe devant son écran. Sur une page Word, une phrase :

Tu peux monter ?

Son cœur bondit.

Ce n'est pas un ordre, juste une interrogation incertaine, presque une excuse. Il sourit à cette délicatesse : les habitudes prises entre eux n'impliquent pas l'instinct de propriété. On chemine à tâtons sans oser trop penser à une suite. Son portable vibre : nouveau message de Charlie. Audiard aurait dû rajouter que le principe des cons, en plus de tout oser, est de toujours s'entêter.

Il s'avance sur le toit obscur.

— Seed, t'es là ?

— Stan, je suis revenue ! J'étais à un stage de théâtre à côté d'Orange. T'as eu mon petit mot ? Et là-bas, j'ai retrouvé Josse ! Un très vieux pote comédien… On va monter une pièce géniale, tu sais la pièce que j'avais très envie de monter, tu te souviens ? Josse connaît un super metteur en scène !...

« Pote »… il soupçonne ce terme d'avoir été choisi pour sa neutralité plutôt que pour son historique. Elle a commencé à apprendre le rôle, une comédienne ambulante tuée pendant la guerre franquiste qui revient sous l'apparence d'un spectre visiter son amant et partenaire de scène. Peut-être qu'elle devra rejoindre Josse pour répéter, il est dans le Sud, ce n'est pas encore établi, par contre ; il y a de fortes chances pour que la pièce soit jouée durant le Festival d'Avignon. Elle parle à toute vitesse, sans respirer les virgules, vibrante d'une exaltation que sa voix ne cherche pas à contenir.

— Va falloir fêter ça !

— Ici ?

— Non, sur terre.

Un silence éloquent lui répond.

— Seed ?

Silence. Il attend.

— D'accord. Semaine prochaine !

— Ah bon ?

— Pas cap ?

— Si, bien sûr !

— Tu surveilleras ton casier pour les détails pratiques !

Aussi simple que ça ?

Après quoi, elle se désagrège.

Comme si, tout proche de la saisir, elle s'était envolée tel un oiseau de nuit farouche. Quelques jours passent comme pour faire redescendre l'excitation. Il commence à regretter son élan qui l'a d'ailleurs lui-même surpris quand la connexion est finalement rétablie.

Tout est sombre et endormi, pas une ombre même furtive, les voitures couchées là contre les trottoirs ont l'air de claquer des dents et de n'appartenir à personne. Enfin, il se gare sur le carré de goudron qui sert de parking devant un petit bâtiment rouge et or à la peinture défraîchie. Sur l'une des façades, trois personnages masqués, aux costumes colorés, postés dans des attitudes loufoques semblent discuter de sa présence en cet endroit improbable. Et c'est le cas. Trouver un créneau dans lequel ils pouvaient se hisser fut un défi.

Ainsi, ils n'ont trouvé que cette toute petite heure, une mince embrasure avant leur service respectif.

La porte du théâtre est entrouverte, en signe d'invitation.

Il passe la tête dans l'embrasure prudemment. Tout est rouge, des murs au sol mais il n'a pas le loisir de pousser plus loin son observation qu'une tornade le tire à l'intérieur.

— Vite, vite, rentre.

La porte claque.

Sidney, la respiration haletante et les traits tendus, le dévisage.

— Personne ne t'a suivi ?

Stan secoue la tête sans comprendre.

— T'es sûr ? Il fait tellement noir, peut-être que tu n'as pas vu… si ça se trouve ils vont débarquer.

— Qui ?

— Merde, c'est pas bon, c'est vraiment pas bon. Ils t'ont vu, à tous les coups, ils t'ont vu, Stan !

— Mais qui ?

— Les propriétaires, j'ai volé la clé.

— Quoi !

C'est à cet instant que son rire de gorge puissant vient tout déchirer. Un silence bref. Ils se regardent.

— Tu vois, ça, c'était de l'impro.

— Bravo ! Et l'éclairage qu'est-ce que c'est ? Un clair-obscur ?

— Il n'y a qu'un seul lustre qui fonctionne, on dirait.

— C'est où ? Je vais regarder.

Ils grimpent l'échelle de bois sommaire conduisant au réduit carré que constitue la régie. Sans surprise, le tableau de commandes avec ses milliers de boutons et au-dessus, l'ouverture donnant directement sur la scène ; l'œil perché qui décide de la pluie et du soleil. Stan s'installe aux commandes,

Sidney papillonne derrière lui alors que l'étroitesse du cube où ils se trouvent devrait le lui interdire.

Après quelques minutes de tâtonnement et de silence, l'éclairage n'est pas meilleur.

Le silence s'affermit. Il devient si compact qu'ils se sentent encore plus à l'étroit. La loi de la gravité se modifie.

Debout, derrière lui, elle chuchote comme pour elle-même :

— C'est drôle, ici.

Elle est soudain une passante égarée au regard vide. Puis, ils se regardent.

L'instant peut encore se dérouler, grossir, s'étirer comme du caoutchouc, il suffit de s'abandonner totalement. Le peuvent-ils ? Il voudrait répondre qu'ils flottent, qu'ils sont simplement en train de flotter entre deux espaces, nulle part, comme le racontait Modiano dans la villa Triste. Deux adolescents flottant dans une pièce emplie d'une lueur d'aquarium. Mais il se tait par peur d'ébrécher les secondes si pleines.

— Je vais ranger le frigo, finit-elle par dire.

Un bond, la voilà partie.

Il reste assis jusqu'à ce que la sensation de tangage s'endorme. Il fixe la scène devant lui, essaie d'imaginer des comédiens en jeu mais le parfum, cette senteur sucrée et en même temps aérienne restée en suspension dans l'air, l'en empêche.

Il descend. Sidney, derrière le bar, s'affaire à entreposer nourriture et boissons dans le réfrigérateur.

— On attend du monde ?

— Marcia avait besoin que je lui donne un coup de main pour réceptionner des comédiens de Bruxelles. Ils arrivent ce soir.

— Mais pourquoi c'est toi qui t'en occupes ?

Elle referme le réfrigérateur du coude. Dans ses mains, deux canettes de bière qu'elle dépose sur le comptoir d'un noir écaillé. Alors, tant de candeur apparaît dans le regard de Stan qu'elle ne peut s'empêcher de rire puis de fredonner les premières paroles de Meredith Brooks.

Stan sourit. Cette chanson, c'est vraiment elle. Elle est un peu de tout, un mélange de gris, de couleur, de pluie, de douceur.

Elle reprend :

— Et toi, avec Lydia, cousin Charlie… On est souvent entouré de gens qui ont besoin de services, pas vrai ?

Son sourire taquin s'élargit.

— Mais sans Marcia, quel prétexte j'aurais eu de te faire visiter le théâtre où j'ai grandi ?

— Oui, c'est une bonne occasion, aussi bonne que celle qui permet de déguster du chocolat.

Le sourire de Sidney s'épanouit.

Ravi de son effet, il dépose deux tablettes sur le comptoir : chocolat lait noisettes et chocolat noir amandes.

Après une exclamation joyeuse, l'emballage est prestement déchiré et les deux premières rangées de chocolat croquées. Deux cannibales rayonnants.

Ils trinquent.

— Alors, un gros merde pour la suite !

À cette expression typiquement théâtrale, son sourire s'épanouit. La nuit de ses yeux étincelle, il discerne quelque chose qui lui avait échappé, d'un peu caché, d'incertain, comme une faille légère qui se dessine tout en hésitant sur la trajectoire à prendre.

Il jette un regard circulaire à l'endroit, déambulant sur la moquette rouge élimée, parmi les affiches de spectacles passés : Tartuffe, Mademoiselle Julie, l'éveil du printemps, la valse du hasard, le roi Lear. Beaucoup sont en noir et blanc, des images sous des angles originaux, des portraits graves ou comiques. Une odeur d'encens mêlée à des effluves de renfermé flotte dans ce royaume du vivant et du souvenir. C'était donc ici que tout avait commencé pour elle. Il soupçonne même que c'est ici qu'elle est née.

Soudain, il s'arrête devant une armoire encastrée, restée ouverte.

— C'est quoi, là-dedans ?

Sidney, lui emboîtant le pas, s'écrie :

— Le grand bazar ! La réserve de costumes !

Elle s'attend à ce que Stan se contente de l'explication lorsqu'il lance :

— Et… on peut les essayer ?

Le visage de Sidney s'éclaire.

— Mais oui, jouons !

Au tour de Stan d'hésiter mais il est trop tard pour reculer.

Alors fouillant l'armoire, tels deux garnements fébriles, les voilà dispersant les vêtements à terre, vestiges de pièces de théâtre, morceaux de succès, amas hétéroclite de fripes dont chaque costume est porteur d'une histoire, d'un succès, d'une bourde, d'un blanc, tissus emmêlés dans lesquels se nouent les souvenirs jaillissant en pluie. Robes à corset du dix-huitième siècle, robe de bure, pantalons de corsaire, corsage blanc aux manches dentelées, chemises en tout genre, chapeaux extravagants, canotiers, pantalons bouffants, soulevant avec eux des brassées d'odeurs de renfermé et de la poussière. Les tissus, sous leurs doigts, sont rêches, légèrement poisseux mais aucun détail ne vient atténuer leur frénésie.

— Les costumes sont bavards. C'est Berthier qui disait ça. Ils ont leur propre vécu avec eux.

— C'est qui, Berthier ?

— Un metteur en scène sans cadre. Il pouvait nous emmener n'importe où, nous faire sortir de nous par les moyens les plus fous et j'adorais ça, c'était violent et audacieux.

— C'est quoi sortir de nous ?

Elle lève les yeux, se concentre un instant.

— Ne plus exister, te laisser complètement envahir par ton personnage. Une fois, j'ai vu cette femme dans la rue. Une folle qui parlait toute seule. Les gens l'évitaient, mal à l'aise. Moi, je l'observais. Et puis, elle a arrêté de parler d'un coup, a relu un texte gardé dans son sac. C'était en vérité une comédienne de rue en train de répéter. C'est ça que j'aimerais faire un jour : effacer ce qui se trouve autour de moi et n'être plus qu'un personnage, me laisser aller à fond. Cette femme était dans son jeu jusqu'au bout. Un artiste c'est avant tout quelqu'un capable de lâcher prise complètement, d'aller au bout de son idée quel que soit le rendu de sa propre image, tu comprends ? Oui, il comprend. Il comprend beaucoup d'autres choses et il sent cette ancienne lézarde qui se ranime légèrement. Mais, en mouvement constant, elle ne le laisse pas élaborer ses pensées, vivement, elle s'empare d'un chapeau usé.

— Oh, le chapeau de Marta, ça date !

Elle se le plante sur la tête, le retire, le fait tourner sur son poing, pensive, fixant le chapeau de paille à nœud rose abîmé puis elle reporte son attention sur le reste des costumes.

Au bout d'un moment, son choix s'arrête sur une sorte de robe d'un gris presque noir à manches longues, évasées. La coupe est sans forme. Stan secoue la tête, sceptique.

— Pour Carmela ?

— Oui, pour la morte errante que je suis.

— Trop dur. Je vais te trouver autre chose.

Et puis Sidney a une meilleure idée. Chacun cherche le costume de l'autre sans que l'autre regarde et ensuite, chacun part se changer pour enfin apparaître aux yeux de l'autre.

Après un moment de recherche studieuse, Sidney est la première à rendre son verdict sous forme de linge en boule afin que la surprise reste intacte.

Puis, au tour de Stan. Elle part se changer en coulisse.

Ils se retrouvent sur scène ; ils rient mais Sidney est celle qui a le plus de mal à canaliser son accès d'hilarité :

— J'en étais sûr, je vais me changer…

— Mais non, au contraire ! C'est parfait, c'est juste !

Elle se tait un instant, soudain sérieuse, absorbée, examinant les détails du costume : pantalon corsaire noir, chemise délavée, déboutonnée, béret sombre. Elle n'est pas sûre pour le béret mais le reste est impeccable. C'est une autre vision de Paulino qui apparaît, plus proche d'un matelot à la dérive que d'un comédien ambulant certes mais cette nouveauté dans l'approche lui plaît. Pour parfaire le personnage, elle a le sentiment qu'il faudrait appuyer le côté abîmé du personnage ; l'ombre d'une barbe de quatre jours sur le visage, une démarche désinvolte, un débit rapide. Elle se prend tout à coup à imaginer plein de combinaisons possibles.

Stan, silencieux, dérive dans l'admiration du personnage qui lui fait maintenant face. Le pantalon bouffant, serré à la taille, souligne les courbes de ses hanches. Le corsage marron glacé, d'un tissu trop léger, laisse deviner des seins ronds et hardis. Ses épaules sont dénudées, rondeurs lisses et diaphanes lui évoquant la douceur d'un rêve hors de sa portée. Elle ne sait rien de tout ça, bien sûr, à cause ce glissement qui s'opère déjà en elle. Le personnage l'occupe. Elle fait quelques pas, marmonne des bribes de texte puis secoue la tête. Elle joue déjà car elle n'a tout simplement rien à lui cacher, elle a décidé que c'était comme ça, il y a, d'ailleurs, dans ses effeuillages rien d'exhibé ou de provocateur, elle s'avance nue par simple souci de transparence, de vérité, animée par la nonchalance et non par calcul.

— Non, pas Carmela du tout. Il lui faudrait quelque chose de plus brut.

— Je ne connais pas Carmela. J'essaie juste d'habiller celle qui va se faufiler à l'intérieur d'elle.

Ils se regardent intensément, là sur le noir de la scène, au milieu de nulle part, sur la planète de tous les possibles, et, plongent sciemment dans un vertige hypnotique que seuls les mots ou le mouvement peuvent enrayer.

— T'as ton texte avec toi ?

Elle part le chercher, revient se camper en avant-scène.

— Pour que le jeu soit juste, il faut faire le contraire de ce qu'on attend. Le mec bourré doit tenter de marcher droit sur un fil imaginaire au lieu de zigzaguer exprès, c'est de là que vient la vérité.

Le paradoxe le charme. C'est un jeu mais c'est vrai. On fait comme si. Les yeux rivés sur lui, elle continue à admirer le personnage. Elle hoche la tête, experte.

— Tu ferais un excellent Paulino.

Il lève les mains en signe d'impuissance.

— Je ne sais pas jouer.

— Ça s'apprend. Ici, on est sur la bonne planète.

Ils en sont là, à demi noyés par le silence, enlisés dans une mollesse onctueuse quand une sonnerie les ramène sur terre. Stan est le premier à émerger. Il faut plus de temps à Sidney qui comprend que le bruit vient de son portable. Elle s'en empare vivement, sourit à l'écran, décroche.

— Josse ! Salut…

Tout en parlant au téléphone, elle arpente la scène, un peu penchée en avant, tout s'annule soudain, le théâtre, les fauteuils rouges des spectateurs fantômes, c'est une autre Sidney, avec son passé, son horizon, elle est capturée dans son intimité avec un interlocuteur invisible. De temps en temps, la veine du front, une césure qui la divise en deux, apparaît en même temps qu'une sorte de cavité, se creuse peu à peu.

Elle raccroche mais quelque chose change. Imperceptiblement. Cette seconde de flottement qu'elle prend au moment de raccrocher, les yeux dans le vague, l'esprit très loin. Elle aurait pu prendre la communication dehors pour parler à son aise mais l'idée n'a pas eu l'air de l'effleurer.

— Le départ approche, fit-elle

— Quand ?

— Pas de date fixée mais bientôt…

Mais plus le temps de s'appesantir ; les comédiens ne vont plus tarder à arriver, tout est en pagaille et quant à Stan, il doit regagner son poste. Précipitamment, ils se changent, rangent les costumes, débarrassent le bar, éliminant toute trace de leur passage, deux voleurs en cavale changeant de planque.

Elle l'accompagne dehors.

Ils piétinent une seconde devant le théâtre, balançant dans l'attente trouble d'un mot et d'un élan, qui n'arrivent pas. Alors, ils prennent congé brusquement dans une accolade un peu gauche dans laquelle il a tout juste le temps de respirer son odeur musquée, relevée de notes sucrées et il sent bizarrement que la nuit se retire précisément à cette seconde-là.

Elle regagne le théâtre, lui sa voiture.

Plus loin, alors arrêté à un feu rouge, une sensation méconnue, poisseuse, entêtée, s'insinue en lui, un oubli, un égarement, il ne parvient pas à mettre le doigt dessus puis le feu passe au vert et lui passe à autre chose.

Installé sur la banquette moelleuse du restaurant trop chic, son esprit vogue à des kilomètres du présent. La serveuse qui débarrasse les entrées, grand-mère Georgette qui se met à déplorer que La Rotonde soit fermée ; c'est plus chic et moins bruyant. Muriel coule un regard oblique vers sa mère mais ne dit mot.

Il se souvient d'avoir échangé avec quelqu'un des recettes pour déconnecter.

Est-ce que c'était avec Mathias, cet ami écrivain qu'il tardait à rappeler ? « Pour ne pas m'ennuyer, je me mets à compter dans ma tête ou sinon, je pense à quelque chose d'agréable. »

Oui, pour s'envoler comme sur l'île de Peter Pan, il faut une pensée agréable, c'est indiscutable. Et Seed, où la classer ? Dans quel compartiment de sa vie ? D'ailleurs, est-il permis de chercher à classer un oiseau de nuit, une sensation aussi fugace que dense ?

Voilà plusieurs nuits que, là-haut, il n'y a plus que la lune. Voilà plusieurs nuits que les questions sur son absence commencent à se tarir d'elles-mêmes.

Le départ dans le Sud aura été précipité. Il espère que le succès sera au rendez-vous. La pièce sera sûrement jouée un peu partout en France, il suppose…

Voilà qu'elle a repris sa consistance vaporeuse de rêve à moitié esquissé, de silhouette nébuleuse. Sauf cette nuit, cet espace aussi large qu'une meurtrière, où elle s'était matérialisée sur le rouge d'un théâtre. Plus cette pensée s'agite, plus elle perd de sa substance, il semble à nouveau qu'il soit habité par un mirage, enfiévré par une vision, une sensation. Est-ce qu'il a vraiment été dans ce théâtre ? Est-ce qu'il s'est déguisé pour être un autre ? Il ne reste plus rien de concret de ce seul moment passé ensemble même s'il tente de reconstituer les dialogues, tout finit irrémédiablement par se noyer dans l'opacité des jours.

— Stan, on ne t'entend pas, remarque sa grand-mère. On sait bien que tu n'as pas une vie passionnante mais tout de même…

Les regards de sa sœur et de sa mère convergent sur lui. Le voyant rouge s'allume. Combien de temps à faire semblant d'être ensemble ? Ici, le service est lent, les garçons, surchargés, se dérobent sous les regards impatients des clients. Mais en cet instant, Stan se sent davantage dépassé.

— C'est trop d'honneur de t'avoir auprès de nous. Pour une fois, que nous n'avons pas à mendier, continue Georgette, le ton aigre.

— Je ne travaille pas aujourd'hui.

— Tu parles, quel travail… vitupère Muriel, sa mère.

— Ça me correspond.

Muriel ouvre des yeux scandalisés, le visage défait.

— « ça te correspond ? » Alors tu ne cherches même pas à t'en sortir ?

— Je vous ai dit que j'avais trouvé un appart ? lance sa sœur en adressant à son frère un petit clin d'œil de connivence. Dans l'adversité, leur complicité s'affermit davantage. Aucun des deux n'a oublié le dernier échange. Mais il apparaît que leur mise au clair a été faite sans entraîner la traditionnelle zone de froid. Il y a eu une prise de distance relative de part et d'autre c'est vrai, cependant dénuée de conséquences.

Mais leur mère détourne à peine son regard noir.

— C’est ça, Stan, tu comptes faire carrière dans ce métier ? Tout ça pourquoi, d’abord ? Gratter du papier pour écrire des histoires à dormir debout ?

— J’écris sur l’ordi, la plupart du temps.

— Et ton père, il trouve ça formidable aussi ?

— Je vous montre les photos de l’appart ? J’ai le plan aussi, enchaîne Lydia.

— Il s’en contrefiche, bien sûr, poursuit Muriel de plus en plus vindicative, c’est pour ça que tu vas lui rendre visite ?

— Naturellement, renchérit Georgette à qui l’on n’avait pourtant rien demandé.

— Non, ce n’est pas pour ça.

— Ah bon alors c’est pourquoi ?

Stan lui renvoie un regard chargé de défi.

— Peut-être parce que c’est la seule personne à qui je ne fais pas honte. Peut-être parce qu’il m’accepte. Qu’est-ce que vous en pensez ?

Muriel et Georgette ravalent leur salive avec difficulté tandis que Lydia suspend son geste, la fourchette en l’air.

Stan ôte alors sa serviette d’un geste résolu, sa mère tressaille, blême. Au même moment, un garçon en livrée se matérialise, un sourire plaqué sur son visage.

— Messieurs, dames, terminé ?

Oui, c’est terminé.

Un peu plus tard, Stan revient à son dialogue.

— Ouais, mais il se passe quoi en cas de surdose ? Y a toujours un moment où ça déconne, le principe de déconnexion.

— Ça doit être dosé bien sûr, ne jamais dépasser la dose de planage, c’est ça, le secret. Comme dans les centres pour camés à Genève. Les gars se shootent mais de manière encadrée, sous la surveillance de toubibs.

L'éphémère mais cuisante brûlure, là juste au coin des lèvres, grains de sel jetés sur ses gerçures, s'allume en même temps que le creux dans le ventre. Le manque revient en puissance, une rechute.

Il en est là, marchant vers son véhicule quand une voiture aux vitres baissées lui envoie à la volée un flot de paroles de chanson qui l'interpellent. Des chansons, il y en a à la pelle. C'est même tout ce qu'il reste. Des notes qui s'enfuient dans l'air, du temps qui les aspire.

Le côté sombre du matin, il le traverse seul comme il a toujours fait.

Comme prévu, elle a rejoint le charivari de son monde à elle, le monde de l'immédiat, se grimer, se parer, changer de visage, de peau, la fièvre des entrées en scène, flash, projecteurs, la bousculade des costumes, le trépignement dans les coulisses et Josse, le passé redevenu présent, le présent dans le passé ou l'un dans l'autre.

Et c'est mieux ainsi ; une fin sèche et coupante. Tout plutôt que la lente agonie molle des sentiments, ces échanges neutres, gentiment cordiaux, tièdes, leur lien frêle irrémédiablement bouffé par l'érosion naturelle du temps qui s'en va et qui fait qu'on se demande : « Est-ce que j'ai rêvé ? » Il se rappelle la noyade dans le tohu-bohu des boîtes de nuit pour marcher dans le sillage de son ombre, tanguer sur les rythmes fous simplement pour se rapprocher d'elle et il ne doute plus alors d'avoir rêvé. Même les petits cadeaux, ces pièces de théâtre ou CD déposés dans son casier, n'ont plus la même signification, ils deviennent anonymes, rangés avec le reste, prenant la poussière comme n'importe quel bibelot. D'une manière ou d'une autre, tout se met à pourrir. Lentement, avec la ténacité du patient désireux de guérir, il émerge d'un rêve en papier de verre qui lui laisse la peau écorchée et l'imagination saturée.

Les wagons glissent sur les rails conformément à leur usage. Pas de récréations, seulement des arrêts minute, des pause-café dans des gobelets en plastique, des phrases sous cellophane et des rires de circonstance. Le train n'aura pas de retard, il arrivera là où il faut avant de repartir là où il faut. Stan n'y voit pas d'objection, il suit le mouvement.

C'est à peu près à ce moment-là, contre toute attente, que le dégel survient. Tranquillement, sur la pointe des pieds, quelque chose arrive. Sous l'épaisseur de la couche de glace, une impulsion légère, un frémissement puis, au fil du temps, des flashs d'images en pagaille.

Attendre qu'elles se précisent, retenir son souffle pour ne pas les effaroucher mais affiner sa pensée, tenter de l'attraper par le cou car c'est là qu'elle est la plus faible.

Les images se délient, c'est lent, elles gonflent, se télescopent, trop vite, c'est brouillon, il les rate, ne parvient pas à les capter.

Puis, des phrases, éparses, tombant en pluie, se multiplient, encore trop obscures, mal taillées, sans logique. Il les reconnaît sur-le-champ : des passagères en transit. Il ne les retient pas. Pas maintenant.

Il attend encore, du temps doit passer.

Jusqu'à ce que l'image se précise, que la netteté se fasse, que le tissage devienne solide.

Des bribes de dialogues se forment, il entrevoit les personnages principaux, des situations encore enveloppées dans le flou de leur chrysalide s'ébauchent ; encore trop tôt pour que l'ensemble s'éclaircisse. Dans le noir, sur le toit, il ferme les yeux comme un funambule prêt à exécuter sa prouesse.

C'est dans le noir que tout se révèle, c'est sa chambre noire. À condition de bien faire le vide dans sa tête, à condition de se laisser posséder par les sensations, les visions qui éclosent un peu n'importe comment.

Plus tard, il trace des mots, il ne sait pas où aller mais il a bien en tête que ce qui compte c'est de commencer, jeter des mots, voir ensuite.

Alors sa main le guide et bientôt il renoue avec ses anciens réflexes.

Il se relit, reformule certaines phrases, corrige les dernières fautes, apporte les derniers fignolages, laisse reposer encore deux semaines, revient dessus.

Même des années d'interruption plus tard, les habitudes reviennent, inchangées, le rite célèbre la renaissance.

Il n'y croit pas encore tout à fait. Alors, penché, il travaille d'arrache-pied. Il relit, raye, réécrit. Les gestes sont instinctifs, le brouillon, les ratures, c'est bien pour le cahier ; il aime les piétinements, le désordre qui précède la clarté.

Une vérité se tisse : l'absence le sauve.

Il pensait perdre Sidney, elle se révèle au grand jour, il croyait son visage dilué, invisible sous les remous d'écume, il se fait plus net, peu à peu, l'ensemble prend plus de force, d'assurance. C'est Sidney et ça ne l'est pas tout à fait. Il y a toujours ce glissement entre le réel et sa projection.

Pas d'accroc, tout coule de source, l'évidence guide la pensée.

Néanmoins, il atteint la phase où il lui faut tout de même maintenir une certaine distance avec son œuvre afin de gagner en réalisme. Il doit aussi ignorer le chuchotement du sommeil.

Car c'est lorsqu'il est prêt à s'endormir que des phrases surgissent, que de nouvelles idées s'offrent à lui, chaque soir toujours plus nombreuses. Cette ébullition quasi incessante l'épuise mais le ranime, le régénère indiscutablement.

Il a retrouvé la fièvre qui lui manquait, le sel des choses, son but.

Tout ça bien sûr, il le passe sous silence lors de ses sorties avec Mathias, ce camarade écrivain qu'il a tenu à distance des mois durant par peur du ridicule. Ils se voient en général au café d'Ariane, le Duke. Sa tante n'était peut-être qu'une dilettante n'empêche qu'elle n'avait pas son pareil pour dégoter des endroits anachroniques où il est possible de savourer un chocolat viennois sur un morceau de Billie Holiday ou de Benny Goodman. Ce fut aussi sur son entremise que Stan et Mathias se lièrent d'amitié au cours d'une soirée que sa mère qualifia de « mondaine ».

Contrairement à lui, Mathias n'a jamais cessé d'écrire. Actuellement, il se débat sur un texte ambitieux qu'il ne sait encore achever et dont il ne veut pas en dire trop. En parallèle, il tente de trouver un éditeur pour un précédent roman, *la clé des champs* : l'histoire d'un homme en pleine crise de nerfs qui décide de quitter son travail en pleine réunion et des conséquences qui en découlent. Il se passionne pour les sujets de société, ce qui le pousse à se documenter énormément.

— Bon et toi ? J'imagine que si t'as mis autant de temps à me voir c'est parce que tu voulais avoir quelque chose de concret à me montrer, non ?

Si Mathias manie la langue avec talent, d'une plume acérée, clinique, cynique même parfois, il ne néglige pas pour autant ce qui se tient entre les lignes.

Stan ne peut qu'esquisser un sourire vaincu d'enfant pris sur le fait.

— Je ne sais pas encore ce que ça vaut.

— Ça la valeur que tu lui donnes. Mais envoie-le-moi, je pourrais toujours te dire ce que j'en pense.

Plus tard, son texte est définitivement achevé. Enfin, autant qu'il est possible d'achever un texte… Il regarde ce point final, concentré, retouche une phrase ou deux, relit le tout, le dénouement en particulier. Oui, l'ensemble se tient. Satisfait, il rabat le clapet de son ordinateur en même temps qu'un courant froid survient. Sa période d'effervescence, ses nuits bouillonnantes, vibrantes, sa quête juste des mots entre la veille et le sommeil, tout ça est subitement ravalé. Ses personnages prennent congé de lui, soulevant une brassée de poussière derrière eux ; le voilà à nouveau vacant. Ils n'existaient que dans sa tête et maintenant ils sont figés dans un livre, autant dire que c'est la même chose.

Ce soir, il ne travaille pas.

À la place, il tourne en rond et ça finira par ne plus tourner droit.

« Ça te dirait de te goinfrer à l'œil avec moi ? » C'est en ces termes que sa sœur lui a proposé de se joindre à un vernissage. Le message date de ce matin.

Lydia n'a pas toujours le don du slogan mais ce soir, elle a une autre qualité : celle de tomber à point nommé. Un bain de foule et de bruit, le traitement idéal pour contrer l'abattement qui menace. Et convaincu, le voilà parti.

— T'en penses quoi ? fait Lydia en lui tendant une coupe de champagne.

— Rien, je manque de visibilité.

En effet, la marée de visiteurs se presse toujours devant les tableaux, ça lui évoque une mousse, toutes ces tignasses serrées entre elles.

— Je te fais le topo alors : bidon.

— Pas de surprise donc. Rappelle-moi comment tu t'es retrouvée ici ?

— Invit du client, cirage de pompes oblige.

— Ah.

Stan boit une gorgée. Les bulles se sont éventées.

Le client en question, l'artiste en toc, dirige plusieurs boutiques de fringues en France ; à en juger par sa dégaine, ce n'est pas ce qui vient à l'esprit ; béret noir, chemise à carreaux de bûcheron trop ouverte, pantalon noir trop strict, baskets immaculées. Peut-être essaie-t-il d'illustrer l'expression « prendre ce qu'on a sous la main ». Avec sa fine moustache à la Don Diego et son air affable de marchand de soupe, il semble sorti tout droit d'une comédie burlesque. Il mériterait une photo.

Lydia trempe ses lèvres dans le verre, grimace.

— C'est marrant que tu sois venu. Tu cherches l'inspiration ?

— L'étourdissement.

Lydia sourit sans pour autant être sûre de comprendre où il veut en venir. Stan pose son verre presque intact sur le bord d'une table surchargée de petits fours.

— Il paraît que Mamie n'est toujours pas revenue de ce que tu as dit au resto.

— C'est le privilège des gens désœuvrés de sans cesse ressasser. Et toi` ?

Lydia hausse les épaules avec une moue.

— Comme ça.

Elle finit son verre, s'ébroue. Ses cheveux ont une teinte aubergine, soulignée par le rouge à lèvres rose et le vernis à ongles cassis.

— En fait, je crois que je préfère la Häagen Dazs aux mecs. Ça me donne bien plus de plaisir !

— Et Gaétan ?

Elle secoue la tête.

— C'est mort. Il a même quitté la région.

Elle se perd alors en détail, en regrets, en jurons. Stan laisse errer son regard sur la foule, qui, pareille à une méduse, évolue par mouvements lents, pressée contre certaines toiles, laissant fuser des exclamations, des rires tantôt pincés tantôt exubérants. Deux blondes en minijupe gloussent en buvant dans la même coupe sous l'œil allumé d'un Italien coiffé d'une queue de cheval. Une des deux blondes s'en va admirer une peinture, le trio est rompu. Son regard dévie, rebondit ailleurs, erre encore sans but jusqu'à heurter un mirage.

Il entend vaguement sa sœur lui poser une question sans savoir quoi, d'ailleurs ça n'a aucune importance. Aveuglé vers le point qu'il poursuit, tremblant, il fend la foule, bouscule, sourd aux récriminations outrées. Puis, il s'arrête tout à coup, hébété, ballotté dans cette marée hostile.

Il jette un regard circulaire.

Il ne voit plus rien.

Pourtant, c'était elle.

Il s'attarde encore, en alerte, le sang martelant ses tempes. Enfin, ses membres, contractés tout à l'heure, s'affaissent devant l'évidence : il s'est trompé.

Bien sûr qu'il s'est trompé, que ferait-elle ici ? Quelque temps auparavant, il avait traqué les noms des comédiennes dans les pièces qui se jouaient aux alentours. Jusqu'à ce que la vanité de son acte lui saute aux yeux : ce qui est passé est perdu, il ne se reconstitue pas, ne se ranime pas même si l'écueil est de toujours vouloir prolonger les prémices, vouées à agonir.

Sans savoir comment, le visage de Lydia se matérialise devant lui.

— C'était qui ?

— Quelqu'un qui n'existe pas.

Avant que Lydia ne réclame une explication, il se hâte vers le buffet, faisant mine de vouloir se restaurer. Une mer de visages anonymes l'accable.

Elle ne reviendra pas, rien ne va ressusciter.

Elle lui avait donné le meilleur, il en est conscient. Qui peut se vanter d'avoir apprivoisé une fée, d'avoir rêvé au rythme des nuits délicieusement troubles au parfum d'eau de mer et d'alcool ? Elle était là, à l'attendre, au milieu de nulle part, lui, le gardien des ombres tandis qu'il ressentait l'étrange tension, annonciatrice de sa présence. Il ne pouvait pas demander mieux ou plus, des concepts qui n'existaient pas dans l'espace qu'ils avaient bâti.

Alors à qui rime l'agitation de tout à l'heure ?

Il se lève le lendemain matin, furieux contre lui. Mais cette colère précoce est aussi une énergie non négligeable qu'il va pouvoir dépenser en courant pendant des kilomètres. Les températures encore fraîches d'un mois d'avril instable dynamisent ses muscles et l'incitent à accélérer. La musique insuffle un rythme grâce auquel il parvient à libérer son esprit, à courir toujours plus vite.

Après quoi, il exécute une série de pompes et d'abdominaux.

Stan se relève, tâchant de reprendre son souffle après le gainage. Il a beau avoir l'habitude d'en faire, c'est toujours une épreuve. Assis en tailleur, il s'éponge la figure.

Les choses vont bien.

Les choses sont en ordre.

Un texte n'est jamais fini ; il existe toujours le déclic inattendu qui va remettre en cause une partie de l'édifice. Car, en tournant les talons, les personnages n'avaient pas uniquement soulevé de la poussière : des questions perduraient et auprès d'elles cette fumée qui restait en suspension dans l'air. Pour finir, ce sont les commentaires de Mathias qui ont définitivement apporté un éclairage neuf.

Il remodèle certains passages, écourte des dialogues, affine ses personnages, parsème le tout de notes légères, paillettes aériennes voletant çà et là tout au long du texte. À chaque fois, comme un débutant, il pense en avoir fini, il pense avoir trouvé le titre puis le soleil se lève et avec lui tout change, tout se réécrit. Il n'arrive pas à lâcher. Six mois de travail sans pause. D'ordinaire, il laisse la prose se ventiler longtemps, parfois des mois durant, sans rien retoucher.

Pas cette fois, il en est incapable. Il faut qu'il revienne dessus sans arrêt, il en a presque le tournis, ce qui ne le dissuade nullement de continuer. Et pour cause ; Mathias a semé un autre doute. Que faire du roman une fois achevé ?

Il y avait lui-même pensé, bien sûr.

Tout le monde réclame la lumière mais lui ? Il se remémore cet acharnement confinant parfois au grotesque pour être à tout prix publié, pour enfin apparaître aux yeux de tous. À l'heure où tout s'affiche, où les mots n'ont plus d'âme et ne nous offrent plus une minute de répit, explosant sur les réseaux sociaux, les T-shirts, les sacs à provisions, la décoration d'intérieur, pour finir dans les portables, il se rend compte que même en matière de publication, il choisit l'ombre.

« Être publié, c'est s'exposer et pas forcément au soleil. »

Il ne sait plus où il a entendu cette phrase mais l'idée lui paraît juste.

Il était passé par là, il avait parcouru tous les sentiers possibles pour en ressortir cabossé, éreinté, fragilisé par le feu de critiques qui ne valaient pas la peine d'être lues. Aujourd'hui, ses priorités sont autres et sa fièvre d'ambition s'est consumée. Ce qui importe c'est son plaisir alors à quoi bon courir après l'approbation des autres ?

Il n'appartient pas au monde exigeant de l'édition, il a connaissance des romans actuels, de ce qui plaît aux masses, il ne ressemble en rien à tout ce qui sort. Il est sans illusion. Certains diraient sans ambition, chacun ajuste les choses selon sa propre vue. Mais pour lui, l'ambition est devenue un fardeau dont il a choisi de se délester sur une aire d'autoroute.

Pourtant, lorsque Mathias lui a proposé d'envoyer son texte à un certain Daniel Delorme qui connaît un nom dans l'édition, Stan n'a pas presque pas hésité avant de saisir la balle au bond.

Et cette décision, qui lui a pourtant semblé être un bond prodigieux, ne fait rien d'autre que de le propulser en arrière. Malgré toute l'eau qui a coulé sous les ponts, il retrouve les mêmes personnes savantes lui expliquant comment tenir un stylo et intéresser le public. Lequel ? Pas d'information à ce sujet.

Dommage.

Seule originalité : la surprise de l'uppercut gratuit. En effet, Stan ne s'était pas attendu à recevoir une critique au vitriol de la part de Daniel sur un texte qu'il ne devait adresser qu'à son contact dans l'édition. Bien qu'habitué au venin de ce genre d'évaluation à l'emporte-pièce, il décide, cette fois, de répondre.

Il devine l'initiative stérile, un brin puérile mais pourquoi se coucher sur le flanc et accepter de servir de paillasson ? L'image d'Ariane vient à lui ; ses yeux verts brillant de dérision et son franc-parler légendaire lui donnent la petite impulsion supplémentaire.

C'est ainsi qu'il rédige le message suivant :

« *Monsieur,*

Je ne saurais dépeindre sous des couleurs plus chatoyantes la gratitude infinie qui enchante mes sens pour m'animer tout entier.

Pour votre immense respect et votre empathie innée envers un auteur de l'ombre, merci !

Pour daigner me montrer la voie du succès alors que le temps vous manque, merci de nouveau !

Enfin, pour avoir si volontiers sacrifié votre temps à l'exercice d'une analyse de texte qui n'était nullement requise, je vous dis mille mercis !

Stan. »

Bien entendu, il n'y eut pas de suite à ce message.

Mathias raccroche, furieux, sort une cigarette aussitôt et d'un geste vif, jette le briquet sur la table.

Une bouffée puis une autre.

— T'as un truc pour ne pas te lasser, toi ? Avec les filles, je veux dire.

Mathias expire une nouvelle bouffée. Dans ses yeux gris bleu, une ombre s'est étendue. Ils viennent de sortir de la bibliothèque et le temps, doux et ensoleillé, rythmé par les cris des hirondelles, les a incités à se délasser en terrasse en cette après-midi qui n'est pas pressée de tirer à sa fin.

— Tôt ou tard, elles finissent toutes par me gonfler. Alors qu'au début tout est impeccable.

— Et ça dure combien de temps un début ?

Mathias se marre. Un de ses rires amusés qui tintent toujours de manière ironique. Il écrase sa cigarette.

— Ça varie mais ce qui sonne le glas c'est quand elles commencent à te parler de vivre ensemble. Là, tout se déglingue. Elles oublient d'être cochonnes, d'être séduisantes. Elles se mettent en pyjamas Hello Kitty tout en t'interrogeant sur les filles que t'as eues avant elles.

— Le secret c'est de ne pas les approcher de trop près.

Ils se regardent, s'esclaffent tous les deux quand Mathias lui adresse un sourire espiègle :

— Hum, ça serait la solution, cela dit, difficile de résister au chant des sirènes et puis j'aime bien expérimenter.

Il donne une pichenette sur sa cigarette, la cendre tombe. Soudain, il se redresse.

— Hé, regarde, c'est Daniel, tu sais, le pote dont je t'ai parlé… Je lui dis de se joindre à nous ? Oh, Daniel !

Stan s'était abstenu de mentionner la rixe par messages. Mathias n'avait pas posé de questions alors autant en dire le moins possible. À mesure que l'homme s'approche, avec sa mâchoire carrée et son menton en galoche, il adopte une attitude sereine.

Daniel le regarde droit dans les yeux, jaugeant son adversaire virtuel à présent en chair et os devant lui.

Poignée de main molle, sourire grimaçant couvrant très mal le regard sévère. Stan est sceptique quant à ses intentions.

Mathias sourit, Daniel aussi. Le serveur en aurait fait autant qu'il n'aurait pas été plus étonné. Malheureusement, Stan n'atteint pas ce niveau de plénitude.

Il se méfie trop des changements d'humeur brusques, des alouettes tournant trop vivement au gré du vent. Alors que tout est pour le mieux dans le meilleur des mondes, voilà que la conversation s'oriente vers la littérature. Daniel, désormais à l'aise, se tourne vers Stan.

— C'est ambitieux, l'écriture avec toute cette concurrence…

Stan voit le panneau danger danser. Comme il ne répond pas, l'autre reprend avec l'assurance du connaisseur :

— Vous vous êtes remis au travail depuis, j'imagine ?

Le panneau est dépassé, la zone de danger franchie. Stan feint d'abord de ne pas comprendre. Mais l'homme n'est pas subtil, il s'obstine avec le plaisir sournois de l'enfant maltraitant un chat errant.

— Votre texte n'est pas abouti. J'ai beau avoir été dur, ça ne change pas le fond. Pas de fil rouge dans une histoire, c'est embêtant…

— Embêtant pour ceux qui passent à côté : il doit être déstructuré, autrement, ça ne voudrait rien dire. Le sens profond vous aura échappé.

— Oui, c'est facile, ça.

Stan se fige, le dévisage, affecte un rire goguenard.

— Facile ?

Un silence d'une seconde, Mathias se hâte d'intervenir.

— Non, ce que Daniel voulait dire c'est que…

Mais Stan sort carnet et stylo, ceux qu'il garde toujours sur lui pour les tendre d'autorité vers Daniel, toujours en affectant d'en rire.

— Alors vous allez nous montrer comme c'est facile : écrivez donc quelque chose.

Comme Stan l'encourage avec un sourire dégagé et sur un ton amusé, Mathias ne sait pas trop comment interpréter l'humeur de son camarade.

Daniel, lui, affecte de rire trop fort, se trémoussant sur sa chaise.

— Non, merci, je n'ai rien à écrire.

— Pourquoi ?

Embarrassé, Daniel hausse les épaules.

— C'est juste que… c'est…

— Trop difficile, peut-être ?

À nouveau, ce rire forcé mais avec encore moins de conviction. Ses narines frémissent.

— Je comprends, repartit Stan en opinant du chef, compatissant. Rien n'est facile, finalement.

— Disons que ce n'est pas mon truc.

— Ah et c'est quoi votre truc ? Les pages blanches ?

Mathias interroge son ami du regard tandis que Daniel, défait, la mâchoire tendue, finit par jeter un œil à sa montre.

— Je vais devoir y aller. Mat, à la prochaine, lance-t-il déjà debout.

Il s'éloigne assez vite, petit cloporte dodu, dépouillé de sa morgue.

Mathias allume une nouvelle cigarette, les yeux avides d'explications. Alors Stan lui narre par le menu l'épisode du mail auquel Mathias réagit en termes à la fois outrés et désabusés avant de conclure par :

— Je ne le connaissais pas comme ça…

Peut-être qu'un rêve ne se retranscrit pas, peut-être qu'il se goûte et ne se partage pas.

Pourtant une autre énergie contredit cet état d'esprit même s'il doit prendre en considération les nouvelles données.

Exit le sésame. Désormais, il lui faut se passer de Delorme.

Consultant son carnet, il finit par retrouver le nom de l'éditeur ainsi que sa maison d'édition dont Mathias lui avait parlé, Damier Éditions, située en périphérie de la ville. Soit, monsieur Daniel Delorme ne voulait pas l'aider ; il se passerait de ses services mais pas de son nom.

Porté par un vent de folie, il estime que la meilleure solution est encore de se rendre directement à la maison d'édition à l'improviste. Daniel et Sylvain se connaissent de longue date, dans ces conditions, il n'est donc pas nécessaire de prendre un rendez-vous formel.

Il se renseigne un peu, glane quelques informations sur Internet. Après quoi, profitant d'un congé, il décide de s'y rendre. Il le guette à la pause déjeuner.

— Monsieur Mestre ?

L'homme grand, émacié, a la peau bronzée et la chevelure grise flottante. À cette proximité, son air altier intimide Stan, une poignée de secondes. Mestre toise l'inconnu avec une surprise teintée d'agacement.

— Vous êtes ?

— Je viens de la part de Daniel, Daniel Delorme, il m'a dit que je pouvais vous faire passer mon roman.

Mestre, cette fois, plisse les yeux avec une contrariété non feinte et le jauge d'une façon encore plus flagrante.

— C'est bien présomptueux… Et qui êtes-vous d'abord ?

Stan se présente, le manuscrit relié serré contre lui. L'éditeur s'est remis à marcher.

— Écoutez, je n'ai jamais entendu parler de vous et je comprends encore moins ce que Daniel vient faire là-dedans alors je vous saurais gré de déposer votre texte auprès de ma secrétaire…

— J'avais plutôt pensé vous le remettre en mains propres, histoire qu'il ne disparaisse pas.

Mestre s'arrête, le regard noir mais tâchant de maintenir son aplomb, Stan lui tend son texte.

— Vous avez entendu ce que je viens de dire ?

L'assurance en carton-pâte de Stan se met à vaciller pour à nouveau se stabiliser. Son geste se renforce. Un geste pourtant insistant qu'il accompagne d'un regard empli de déférence.

— S'il vous plaît.

Plus tard, cette action sera le comble de l'impertinence, à la limite du correct mais en cet instant-là, il ne fait qu'obéir à un élan venu des tréfonds de lui-même. Le Stan du cahier est de retour ou plutôt il est sorti du coma.

Quelque chose dans les yeux courroucés de Mestre est plus tremblé que tout à l'heure. Le mécontentement s'affaiblit un peu pour laisser place à de l'intérêt.

Il saisit le bloc, lit le titre et une mimique indéfinissable fait onduler ses lèvres fines. Enfin, ses yeux reviennent à Stan.

— Il s'agit encore de violence, ou de sexe tordu ou tout simplement une histoire à dormir debout, je parie… à moins que ce ne soit la synthèse des trois. Maintenant, on croit que pour être bon, il faut être racoleur.

— Moi, j'aime mieux nager à contre-courant surtout si ça demande plus d'effort.

Ses propres mots résonnent comme ceux d'un autre et il rit en dedans de sa duplicité. Son audace ne connaît plus d'obstacle. Mestre, lui, esquisse un sourire de vieux renard.

Un bras de fer, d'accord.

Stan lui rend son sourire. Son cœur palpite toujours plus intensément.

Il revoit le regard approbateur de Mathias le jour où il lui a livré ses impressions sur son texte et il sait que ça n'avait rien à voir avec de la politesse, il sait que son texte a une valeur. Alors rassemblant ses pensées :

— Il n'y a aucune logique à mon histoire et encore moins de morale. Il faut accepter de plonger.

Mestre incline légèrement sa tête sur le côté toujours avec cette expression difficile à déchiffrer.

Les deux hommes s'observent. Alors que les rues sont traversées par des hordes de piétons, pressées d'aller déjeuner, ils demeurent au milieu de ce remue-ménage, étrangers au brouhaha urbain ponctué de klaxons, d'apostrophes et de pas précipités.

Le sourire de renard réapparaît pour s'éteindre aussitôt.

— Plonger ?

Stan lui tend le manuscrit.

— Oui, totalement.

Et cette fois, Mestre s'en empare.

Stan n'a jamais su si Sylvain Mestre avait voulu écourter le bras de fer ou si la curiosité avait eu raison de lui.

Toujours est-il que depuis cette rencontre, l'éditeur n'a pas donné suite. Stan hésite sur la nouvelle stratégie à adopter. Ses autres tentatives classiques, à savoir l'envoi par courrier de son roman, ne forment rien d'autre que des trous dans l'eau. Est-ce un énième retour en arrière ? Sa fougue titube, chancelle, perd de sa fougue. Voilà que son audace, son irrévérence aussi infimes qu'elles soient, s'essoufflent. Mais le mouvement appelle le mouvement, il n'a pas oublié la règle suprême alors il tente de rester dans l'action, de ne voir qu'elle, d'en oublier presque l'absence de résultat. Il finit par relancer Mestre.

Au téléphone, la secrétaire fait naturellement barrage. Par courriel, il convient de procéder différemment, avec diplomatie mais surtout avec parcimonie.

Et attendre sans attendre, sans savoir quoi. Oublier d'attendre.

« *Stan,*

Je n'ai pas encore lu votre texte ayant été amené à me déplacer.

Encore un peu de patience, je reviens vers vous dès que possible.

Sylvain Mestre. »

Plus tard dans la soirée, un orage d'une rare intensité éclate. Il ouvre grand la fenêtre pour que l'odeur de la pluie, ce mélange d'effluves minéraux et terrestres, embaume le salon. Un éclair trace une cicatrice fugace sur la nuit ; un éblouissement auquel succède le grondement homérique du tonnerre. Le manque, cette ancienne et bizarre blessure, s'éveille par surprise si bien qu'elle a une saveur de première fois. Une sensation contradictoire qui le laisse vide et plein, tout ensemble. Un engourdissement, un vertige qu'il aimerait à la fois combattre et prolonger. Rien n'a de sens à nouveau, la faute au chant de la pluie ; il lui brouille le cerveau plus sûrement encore que les sirènes auprès d'Ulysse.

Penché à la fenêtre, il respire à pleins poumons ce parfum si particulier en rêvant à des naufrages, de folles passions, de grands mots, tant de choses délirantes dont les livres en sont si remplis.

La faiblesse, chez lui, est toujours somnolente ; un innocent déclic la ranime.

Alors pour la détourner, il se plonge corps et âme dans l'histoire de Mathias. Ensemble, ils échangent des points de vue, démontent des paragraphes, errent entre les mots. Parfois, lorsqu'il a des soirées de congé, il s'arrange pour aller à quelque réunion littéraire organisée dans un café dont la décoration industrielle faite d'ampoules nues et métaux rouillés crée une impression de naufrage, d'errance.

À moins que ce ne soit dans sa tête.

— Tu as renoncé alors ? dit Mathias, l'air déçu.

— Non, c'est juste une autre voie.

Mathias hausse les épaules, sceptique.

— Je sais pas… un blog et un bouquin c'est quand même bien différent.

Chaque fois qu'il ouvre la page de son site, ce sont désormais les mêmes paroles qui l'accompagnent. Il a largement dévié de son but premier mais lassé d'être celui qui espère l'approbation des professionnels, il n'a songé qu'à ce moyen pour faire connaître son récit, quitte à ce que ce soit morceau par morceau. Certains commentaires de lecteurs lui donnent le tonus qu'il n'attendait plus, certains soulèvent des questions quand d'autres s'amusent à poster des symboles, étoiles ou émoticônes. Commentaires un peu succincts quoique d'une régularité implacable. Car, Stan s'aperçoit que les étoiles toujours au nombre de quatre, apparaissent en bas de chacune de ses pages, évaluant ainsi la qualité de son récit. Étrange mais bien préférable à ceux qui, à l'instar de Daniel, distribuent des coups de trique rien que pour le plaisir. Dans ces moments-là, l'envie lui prend de supprimer le blog ; ses personnages méritent un autre traitement que le fouet et il se surprend à vouloir les protéger de la vue des autres comme ses propres enfants.

Un peu las, il consulte ses courriels puis sa messagerie téléphonique.

Vide.

— Vous m'entendez ?

Au bout du fil, le client s'impatiente. Stan ne l'écoute pas, trop accaparé à penser à la suite des évènements. Il imagine une rencontre avec l'éditrice, non, il lui faut remonter plus haut, faut-il prendre contact par téléphone ou par mail ? Car il s'avère que Mestre, dans son refus de le publier, lui a tout de même transmis les coordonnées directes d'une éditrice « qu'il pourrait être judicieux de contacter ».

— Allô ?

Le client importun s'entête au téléphone ; Stan s'en débarrasse, raccroche.

Sur le message resté ouvert, il relit le nom : Margot Vanel, Éditions bleues.

Un nouveau virage ou mirage ?

Il est arrivé trop en avance, Mathias n'est pas encore là. Son ordinateur portable est la boîte à Pandore qu'il lutte pour ne pas ouvrir. Il s'accorde encore quelques pas dans la bibliothèque, s'arrange pour dévier le cours de ses pensées. Ce matin, pour la première fois en six ans, il a enfin envoyé cette vieille chipie de directrice sur les roses lorsqu'elle lui a demandé s'il était possible de remplacer urgemment Manon, sans doute accaparée par Morphée. Cette broutille l'occupe un instant puis il revient vite à l'essentiel. Toujours aucun signe de Mathias.

Bon, juste un coup d'œil. Il est normal de rajuster un texte avant de l'envoyer, non ? Il allume l'ordinateur, ouvre le document Word. Il existe toujours un passage qui ne lui donne pas entière satisfaction. Est-ce que Margot Vanel l'identifierait aussi ou en détecterait de nouveaux ? Il faut que tout soit impeccable, qu'il n'y ait pas matière à questionner. Mestre n'a pas « accroché » à l'intrigue, c'est un fait. En revanche, il est conscient que ce récit peut séduire d'autres personnes de sa connaissance ; Stan en mesure sa chance.

Son téléphone se met à vibrer : Mathias. Sa voix lui parvient hachée, la ligne grésille, il quitte sa place pour capter un meilleur réseau. Il dit qu'il ne peut pas venir, il a entendu parler d'un salon du livre au Havre et un ami a proposé ce matin de partir avec lui avant quinze heures. Stan lui souhaite bonne chance et raccroche rapidement, pressé de corriger son texte.

Mais quand il revient à son ordinateur, il trouve, collé sur l'écran, un post-it bleu. Intrigué, il arrache le papier, le lit et ce sont toutes les étagères massives, surchargées d'ouvrages qui ondulent. Peut-être parce que le sol s'est mis lui-même à bouger.

Ses mains tremblent et, très vite, l'onde se diffuse dans tout le corps. Hagard tel un funambule égaré, il bute contre une chaise qui couine affreusement, faisant se retourner un trio d'étudiants. Ses jambes sont des tiges de coton terminées par des sacs de plomb si bien que quitter la bibliothèque lui prend du temps à moins que ce ne soit qu'une impression.

Dehors, le soleil l'éblouit. La vie circule, les voitures filent. Rien qui ne retienne son attention. Son cœur s'apprête à succomber à une cuisante déception quand son regard s'arrête enfin sur un visage souriant.

Il se mord la lèvre, jugulant avec peine l'émotion qui l'étrangle, avançant lourdement vers ce sourire aveuglant, ce rêve sorti de nulle part dont le parfum avait embaumé ses nuits pendant une durée indéfinie.

Elle n'a plus rien d'un fantasme évanescent, et, cette lumière crue, sans concession s'abattant sur elle, ne la rend que plus vibrante. Il repère des cernes, des ridules délicates aux coins des yeux, la blancheur accentuée par la fatigue des services et des nuits de répétitions, et il n'en est que plus attendri, c'est revoir un paysage adoré que rien ne peut altérer.

Non, son cerveau n'a rien embelli du tout. Elle était ombre et maintenant certitude.

Sidney est là avec son sourire et ses grands yeux pétillants.

— Je faisais une pause-café dans mes répètes. C'est rare de te voir en journée.

— J'attendais quelqu'un.

Il marque un temps, peinant à croire qu'elle se trouve devant lui.

— Tu joues dans le quartier alors ?

— Oui, au théâtre de poche à côté de la rue piétonne à partir de mardi. C'est Marcia qui m'a contactée. Il paraît que Larcher, le metteur en scène, cherchait une comédienne pour reprendre un rôle au pied levé.

Un silence se pose, à peine, juste le temps d'être ravalé par le raffut ordinaire de la ville affairée.

Il s'enquiert de Carmela. À ce nom, une ombre fugitive surgit dans ses yeux qu'elle chasse par un sourire penaud. Carmela, c'est de l'histoire ancienne, elle a mal fini, elle est restée en arrière. C'est la môme Crevette qui a pris le dessus maintenant. Tant de pièces à Avignon que celle de son cœur en a été occultée. Mais si le succès fut relatif, l'ambiance, elle, fut bel et bien détestable. Et puis, Josse a été « détourné » vers d'autres projets, expliquant comment tout l'édifice s'est démantibulé pièce par pièce. Fidèle à sa nature, elle reste vague, ce qui n'empêche pas Stan de mesurer l'étendue de sa déception. Alors, errant dans les artères de la ville sans but, ils s'arrêtent, sans se consulter, sur un pont. Une brise légère joue dans leurs cheveux.

Le silence, leur compagnon de route, les rejoint enfin. L'engourdissement du rêve s'est dissipé, résidus de nuage tombant en mousse légère, remplacé par un désir latent, le faisant osciller entre fièvre et délire. Il faut du bruit, quelque chose pour renouer avec le bitume, quelque chose pour atténuer la brûlure.

Il jette deux trois phrases pour relancer une conversation qui se passe de mots quand il comprend que rien n'est à sa place, elle ne devrait pas être là, languide, vacante, libre de tout rendez-vous, non, quelque chose n'est pas juste, c'est dérangé. Sidney là, en plein jour, croquant les minutes avec lui à la manière de dragées, installée, nonchalante comme si tout fait sens ; à nouveau, tout est « comme si » alors que ça ne l'est pas, que ça ne peut l'être, son rôle à lui était de récupérer les miettes, de cueillir des épluchures de minutes entre l'obscur et l'aube avant que le jour ne vienne tout inonder de sa lumière blanche. Elle ne se rend sûrement pas compte que tout est de travers. Elle a dit être en pause ; n'était-ce pas l'heure d'y retourner ?

Pourtant, elle reste là, insouciante du temps qui s'écoule. Non, il faut qu'il la tire de sa torpeur, qu'elle se réveille, qu'elle parte. Mais elle le prend de court.

— Tu sais, j'ai dû partir pour répéter dans le Sud du jour au lendemain, je n'ai pas pu te…

Il hausse les épaules.

— C'est de l'histoire ancienne.

C'est lorsqu'il s'entend mentir qu'il sait combien il lui en a voulu d'avoir disparu sans laisser de trace. Et il est furieux, contre elle, contre lui, furieux de ce sentiment de possession trivial, injustifié, furieux de ne pas avoir le droit de demander plus, furieux qu'elle soit revenue réveiller des sentiments qui auraient dû être morts et tout ce mélange découle en une sécheresse acide qui taille ses mots en flèches, et lui attaque l'estomac. Le silence s'installe, les yeux de Sidney le caressent comme le velours fragile des ailes d'un papillon.

Une brise légère la décoiffe.

— J'ai pensé à toi… de temps en temps. La nuit… plutôt la nuit.

Vertige.

Et Josse ? Voilà qu'il devient jaloux ; de mieux en mieux… Il détourne le regard, se mord la lèvre.

— Peut-être que tu devrais y aller, ils doivent t'attendre.

Sidney l'affronte du regard tandis que lui se tient coi, sentant son abdomen se contracter.

— Tu écris et tu as peur des mots ?

— Je les respecte au contraire.

Leurs paroles accrochent, rêches, écorchant le songe fragile dans lequel ils ont trempé pendant si longtemps. Stan aurait voulu qu'elle laisse tomber mais son attitude hardie coupe net cette espérance. La poitrine bombée en avant, ses membres fermes sous la chemise ample de tissu écossais, ses prunelles mobiles et fiévreuses exigent une réponse.

— Ça veut dire quoi ?

Ils s'étudient, se défiant du regard comme deux félins maîtrisant avec peine la tentation de bondir l'un sur l'autre. Une tension sèche, compacte, les anime.

— Ça veut dire qu'on ne joue plus, on n'est plus dans le virtuel, voilà ce que ça veut dire.

— De quoi tu parles ? Est-ce que j'ai l'air d'un personnage de fiction ?

La mâchoire de Stan se tend, à nouveau son regard dévie.

— Regarde-moi !

Ils se confrontent sans mot dire avant que Sidney poursuive :

— Je suis réelle, non ?

Stan ne répond pas tout de suite.

Une seconde… deux… secoue la tête. Sidney s'entête, s'acharne. Un matador cherchant fiévreusement le point faible du taureau.

— Comme les conversations et les chansons, Stan.

— Des bribes de mots, ça ne fait pas une histoire, ça fait juste plus de miettes et ensuite, quand le vent arrive, il ne reste plus que du vide. C'est ça qui est réel.

Il y a le silence entier qui suit une brutale déflagration. Plus rien ne bouge.

Livide, elle lui jette le regard stupéfait de celle qui s'aperçoit que la coulée rouge sur son vêtement est son propre sang.

Puis, sa figure se fane et, bientôt, ce sont tous ses traits qui se défont :

— C'est écrit sur ton visage, la dualité entre le feu et la glace, entre la douceur et le tranchant de la lame, très belle dans sa complexité et dans ses contradictions.

Elle se détache de la rambarde, exsangue, diaprée d'une beauté nouvelle et terrible, un crépitement sauvage dans les prunelles.

Elle se détourne, ses hanches balancent.

Elle s'éloigne vite, rapetisse.

Quitte peu à peu son champ de vision.

Disparaît.

Alors un tremblement l'agite et aussitôt, une panique terrible l'envahit, il se met à courir à toute vitesse, éperdu, dans un mouvement détraqué. Il ne la distingue plus, se précipite d'un côté à l'autre, à l'aveugle, noyé dans la masse, tremblant, fébrile. Puis, il ralentit, circule parmi les masques anonymes, grimés ou grimaçants, criards ou discrets dont pas un n'avait un quelconque rapport avec celui de Sidney. Dans la tête, la mélodie s'infiltre. Il comptait lui chuchoter la suite de la chanson qu'elle a entamée sur le post-it. Une chanson qui dit que tout reprend.

Une chanson qui, maintenant, ressemble fort à une raillerie.

Car après avoir tourné en rond, arpenté coins d'ombres et terrasses, il se rend à l'évidence : elle s'est évanouie dans la nature. Une fois de plus. Sûrement la dernière, du reste. Les gens le chahutent, sans faire attention ; ils pourraient presque passer à travers lui comme un ectoplasme. D'ailleurs, c'est ce qu'il devient.

Alors que les applaudissements tonnent après la courte apparition du metteur en scène, invité par les comédiens à se joindre à eux sur scène, la sensation de vertige se renforce.

Les comédiens regagnent les coulisses.

La lumière afflue, les spectateurs se dispersent peu à peu.

Lui, il reste assis, empoté, indécis.

Il est venu la voir se dédoubler. Il l'a trouvée désopilante, tellement attachante.

Et maintenant ?

Il hésite.

Une appréhension lui noue l'estomac. Est-ce que sa présence ici est vraiment justifiée, est-ce que les choses vont de soi ? Son regard éteint lui revient en mémoire et les craintes se raniment, grondent, flambent dans sa chair. Seul spectateur parmi les fauteuils vides, il ne sait plus où aller. Il éprouve le sentiment familier d'être une erreur.

Au théâtre, chaque geste, chaque placement, déplacement sur scène doit être justifié, il doit exister un but derrière les actions. C'est ce qu'elle avait dit un soir.

Alors, il se décide. Il a vu tous les comédiens quitter les loges les uns après les autres mais pas elle. Il n'y a personne, pas d'estrade pour le dissuader de franchir cet espace si particulier.

Il avance, vacillant, flottant, les membres ankylosés dans l'anticipation du rêve à venir. La rumeur, sur le point de s'étouffer, l'accompagne, mélopée singulière. Le rideau noir des coulisses est dépassé. Pas de porte. Une dernière hésitation puis il s'engouffre dans l'ouverture.

Il est accueilli par son dos nu. Il se creuse, se courbe. Elle se penche pour chercher quelque chose.

Éclipse.

Le vêtement glisse le long de son corps. Elle est habillée. Debout, toujours de dos, s'admirant devant un miroir imaginaire, elle met de l'ordre dans sa chevelure, la ramasse pour l'attacher. Sa nuque reste offerte un instant avant d'être à nouveau dissimulée.

Il attend.

Quelques secondes se dérobent. Elle ne bouge pas. Maintenant, il se tient en retrait mais regarde toujours.

C'est alors qu'elle chancelle sur une chaise usée devant les miroirs entourés d'ampoules. D'un geste mécanique, elle se démaquille, gommant avec un soin extrême, presque maladif, les derniers indices de duplicité. Dans ce décor rempli de costumes, tamisé par une lueur douce, la môme Crevette s'évapore. Stan observe ce spectacle intime avec un désir brusque et mordant alors que la mollesse familière enlace ses membres ; son dernier écart de conduite. Lui aussi laisse entrer tous les personnages qu'il renferme. Le Prince de Nemours venu dans la nuit admirer secrètement Madame de Clèves dans son pavillon, l'adolescent de *American beauty*, Ricky Fitts, fasciné par sa voisine. Les images se télescopent, s'emmêlent, se répondent, les histoires se nouent entre elles, font écho à d'autres et il s'en dégage une harmonie où tout coïncide.

Il comprend qu'elle n'a jamais été autre chose qu'un amour fou, inconcevable dans cette vie faite de sens interdits et de résignation. Il comprend qu'il n'avait aucune chance de croiser sa route, qu'elle est une parallèle devenue courbe seulement grâce à la lune complice et à la pluie.

— Seed.

Elle se tourne, se lève. Sa figure rayonne, ses grands yeux vifs se parent d'un éclat ému. La brume s'est dissipée, le gel, entre eux, n'a pas pris.

— J'aurais préféré que tu me voies dans un plus beau rôle.

À son sourire d'excuse, il répond qu'elle a très bien joué, ce qu'elle balaye vivement dans un geste de dénégation. Ils empruntent les mots d'autres avant eux, du play-back. Mais bientôt, les efforts pour dévier l'attention de l'essentiel sont trop âpres. Alors, n'y tenant plus, Sidney ouvre son sac et dépose la clé sur la table de la loge.

— T'as recommencé à écrire, c'est bien.

Un silence.

Les yeux rivés au sol, sa voix devient murmure :

— C'est plein de chansons, c'est très beau.

Les mots roulent dans un gouffre sans fond. Stan la regarde à la dérobée trop interdit pour répondre ; trop d'interrogations se bousculent.

— Je suis passée à l'hôtel après la dispute mais tu n'étais pas à ton poste à ce moment précis. Par contre, j'ai vu la clé sur ton bureau et je l'ai prise sans vraiment savoir ce que j'allais y trouver.

Elle marque un temps.

— Tu m'en veux ?

— Non, c'est le contraire.

Ils sourient puis un étourdissement le saisit et, fil après fil, tout son apparat s'effiloche pour le déshabiller tout à fait. Ainsi, il est démasqué, nu, face à celle qu'il avait transformée en personnage sans qu'elle s'irrite de son reflet ainsi projeté entre des pages. Elle se prend à tapoter, mécaniquement sur le meuble en longueur où des milliers de comédiens se sont démaquillés avant elle. Une soudaine nervosité. Dans son regard, la lueur de l'émotion demeure crépitante.

— J'ai cru que je ne l'écrirais jamais. J'ai raturé, effacé, jeté, tellement de fois que j'ai cru que c'était foutu. Je commençais des phrases qui n'avaient pas de but, des mots qui ne tenaient pas les uns contre les autres, des personnages qui se fanaient pour crever au premier changement de saison. Ma poubelle était remplie de vide. Pourtant, je la portais en moi depuis des années, cette histoire. Sauf qu'il me manquait la part de réalisme dans ma fiction pour que tout tienne debout.

Ils se regardent. Elle plie un vêtement traînant sur le dossier d'une chaise, le presse contre elle comme pour se protéger.

— Je ne sais pas s'il y a quelque chose que je devrais comprendre.

Son regard revient à lui, le halo d'un phare qui le balaye.

— Rien, juste ressentir. C'est ce que tu m'as appris.

Elle acquiesce en silence.

Ils se taisent. Il s'empare de la clé, lui saisit la main pour l'y placer. Il veut qu'elle garde une copie. Puis, les mains se cherchent, se frôlent, tremblent, se serrent. Jeux de mains, caresses, leurs corps, deux aimants poussés l'un vers l'autre.

— J'aime l'idée que tu sois un rêve. Une voix dans la nuit. Une fièvre.

Sans un mot, elle consent.

Alors c'est vrai : ils parlent bien le même langage. Peu de gens ont pleinement conscience du rêve qui s'ébauche sous leurs yeux ou alors ils s'empressent de le posséder, de l'arracher de son terreau.

Il s'est fourvoyé en imaginant qu'il devrait la convaincre, se répandre en explications fastidieuses. Elle le connaît depuis longtemps, avant même que tout commence peut-être.

Comme lui. Il avait une idée précise du visage qui allait être une histoire cruciale sauf qu'il ne l'avait jamais rencontré, ni même croisé. Il l'attendait, souvent sans y penser. D'une certaine manière, ils étaient tous les deux plus ou moins en train de s'attendre.

Ils se regardent, debout, hermétiques à l'animation extérieure soudain irréelle et c'est alors que Sidney commence à frissonner, que les mots restent en dedans.

Il touche le rêve, le respire, le sent, le caresse. Ses yeux se ferment, elle tremble, s'abandonne, ainsi, corps contre corps, les frissons se communiquent, s'échangent, circulent, se propagent.

Il goûte son cou, sel, senteur de vanille, mordille un peu le velouté de la peau, elle se tord, frémit. Les mains se touchent, explorent le ventre, le dos, le creux des reins. L'étreinte est silencieuse, puissante, deux danseurs ivres, imbibés de l'électricité du corps de l'autre, tâchant de ne pas défaillir.

— Tu te souviens de la chanson, celle des gens empêchés, tu t'en souviens ?

Elle sourit, colle son front contre son épaule tandis qu'il resserre son étreinte.

Et sa voix un peu rauque, douce dans le murmure, fredonne dans une griserie amollie, la chanson du début.

Imprimé en France
Achevé d'imprimer en avril 2021
Dépôt légal : janvier 2021

Pour

Le Lys Bleu Édition
83, Avenue d'Italie
75013 Paris